Brigitte Giraud

Im Schatten der Wellen

Roman

Aus dem Französischen von
Anne Braun

S. Fischer

Die Autorin dankt dem *Centre national du Livre*
für die Unterstützung

Die Originalausgabe erschien 2004
unter dem Titel »Marér noire« bei Éditions Stock, Paris

Satz: H & G Herstellung, Hamburg
Druck und Bindung: GGP Media GmbH, Pößneck
Printed in Germany
ISBN 3-10-024421-4

Die Anreise dauerte einen Tag. Wir saßen zu fünft im Auto. Es waren unsere ersten gemeinsamen Ferien. Zwischen Toulouse und Bayonne standen wir ein paar Mal im Stau. Du wolltest auf kleinere Straßen ausweichen, doch als ich diese auf der Karte suchte, wurde mir schlecht. Da hast du mir die Karte aus der Hand genommen und während des Fahrens hin und wieder einen Blick darauf geworfen. Ich wies dich darauf hin, wie gefährlich das ist, doch du hast dich taub gestellt. Auch über Geschwindigkeitsbeschränkungen hast du dich hinweggesetzt. Manchmal krallten sich meine Finger in den Sitz. Ich hatte Angst. Das fandest du lächerlich und sagtest, dass du alles im Griff hast. Dafür hast du die anderen Autofahrer als unfähig beschimpft. Immer waren die anderen schuld. Als wir einmal für längere Zeit hinter einem Wohnwagen hingen, hast du das Fenster heruntergelassen und bist viel zu weit links gefahren. Du lässt dich nicht gern aufhalten. Hinterher machtest du eine Bewegung, als wolltest du eine Zigarette anzünden, dabei hattest du dir vorgenommen, in den Ferien mit dem Rauchen aufzuhören. Als wir uns Périgueux näherten, waren auf beiden Seiten des Straßenrands Holztafeln mit Unfallopfern zu sehen. Ein Blitz aus roter Farbe zuckte aus der Brust der geschnitzten Figuren. Du hast so getan, als hättest du sie nicht gesehen und bist weitergerast. Außerdem erhielten wir die zusätzliche Information: »Auf den nächsten drei Kilometern fanden im letzten Jahr sieben Personen den Tod.« Das machte mich noch ängstlicher, und ich rechnete fest damit, dass wir demnächst auf einen Lastwagen aufprallen würden. Du hast immer wieder in den Rückspiegel geschaut und alle zwei Minuten den Radiosender gewechselt. Doch es gab nichts außer *France Musique*, was den Kindern einen Grund zum Jammern gab. Wenn es auf dem Rücksitz unruhig wurde, hast du geschimpft. Ich spürte, wie die Spannung anwuchs. So verlief unser erster Ferientag.

Bei Einbruch der Dunkelheit kamen wir an. Das Haus war ziemlich klein und einsam in der Nähe eines Weinbergs gelegen. Eine ungewöhnliche Stille lag in der Luft. Die Terrasse ging nach Westen zu den Hügeln, und mit etwas Fantasie konnte man auch den Atlantik sehen. Als wir zur Eingangstür gingen, huschten Fledermäuse an uns vorbei. Die Kinder gingen schweigend hintereinander her, ihre Reisetasche in der Hand. Vincent konnte sich die Bemerkung nicht verkneifen, dass wir die Ferien in einem schäbigen Loch verbringen würden, womit er ohnehin gerechnet hätte. Zum Glück hast du diese Bemerkung nicht gehört. Dann, im gleichen angewiderten Ton, fügte er hinzu, dass man wenigstens nicht im Pool ertrinken könne, da er dafür viel zu klein sei. Er hatte nicht Unrecht. Auf dem Foto, das uns der Besitzer geschickt hatte, sah der Swimmingpool wirklich größer aus.

Das Ferienhaus war hübsch eingerichtet. Eine alte Scheune mit allem nötigen Komfort und überall der Geruch von Holz. Hoffentlich würde es in den nächsten zwei Wochen nicht regnen. Die Verhandlungen darüber, wer wo schlafen würde, waren sofort in vollem Gange, und wie zu erwarten, wollten alle Kinder im Mezzanin schlafen. Ehe die Sache ausgeufert wäre, beschloss ich (recht schnell und allein), dass Vincent im Mezzanin und die Mädchen im unteren Zimmer schlafen würden. Du und ich würden uns mit dem Klappsofa im Wohnzimmer begnügen. Natürlich fühlten sich alle benachteiligt, selbst du, weil du den Verdacht hattest, ich würde meine Töchter bevorzugen. Du schlugst vor, Vincent solle auf dem Klappbett schlafen und wir beide im Mezzanin. Vincent sagte, er würde das Surren des Kühlschranks nicht die ganze Nacht ertragen. Ich erklärte, dass ich in meinem Alter keine große Lust auf die schmale Leitertreppe hätte. Dass es im Mezzanine nur zwei Einzelbetten gab, wagte ich nicht hinzuzufügen. Ich wollte nämlich mit dir in einem Bett schlafen. Dir war das offenbar gleichgültig. Du dachtest nur an deine Bequemlichkeit, glaubtest, das Anrecht auf das Beste zu haben, weil du schließlich so viel durchgemacht hattest. Mehr als ich, das brauchte gar nicht erwähnt zu werden. Aber auf die Vergangenheit kommen wir später noch zu sprechen.

Das Bettenproblem war noch nicht ganz gelöst, als wir uns an den Tisch setzten. Es war schon spät, Dorothées Augen glänzten vor Müdigkeit. Wir hatten eine Rolle Küchenpapier mitgebracht, die wir aber auf die Schnelle nicht fanden, und Geschirrtücher, die zerknittert auf dem Boden einer Reisetasche lagen. Du hast die Nudeln zubereitet, während ich die Betten im Zimmer der Mädchen bezog. Anschließend nahmen wir in dem kleinen, düsteren Zimmer Platz. Vincent hat sich zweimal nachgenommen. Du sagtest: »Tja, Wachsen macht hungrig«, froh darüber, dass dein Sohn tüchtig zulangte. Das hat dich beruhigt. Dorothée schlief fast ein, weigerte sich aber, ins Bett zu gehen. Zuerst musste ihr Plüschtier gefunden werden. »Habt ihr Dorothées Hasen gesehen?« Niemand reagierte, was mich kränkte. Vincent wollte noch einen Nachtisch, doch den gab es an diesem Abend nicht, nur ein paar Aprikosen, etwas mitgenommen von der langen Fahrt. Ich musterte dich und bemerkte deine angespannte Miene. Ich wusste, was dir durch den Kopf ging – du wolltest rauchen. Doch da konnte ich dir nicht helfen. Vermutlich spürtest du diese Leere in dir, die nur eine Zigarette füllen kann. Ich habe dich angeschaut, doch du hast mich nicht gesehen.

Die erste Nacht war ziemlich unruhig. Vincent kam mehrmals vom Mezzanin herunter. Er ging an unserem Bett vorbei, ich hörte seinen Atem, und seine Umrisse, die ich in der Dunkelheit erahnen konnte, ließen mein Herz schneller schlagen. Was machte Vincent da? Aus Angst, dich zu wecken, wagte ich nicht, das Licht anzumachen. Ich spürte nur, dass Vincent leise näher kam und sich dann ebenso leise wieder entfernte. Ob er wohl schlafwandelte? Er atmete, das war alles, was ich mit Sicherheit sagen konnte. Sein Atem schien von irgendwo anders herzukommen, es war ein schwerer Atem, der die ganze Nacht ausfüllte. Das Bett der Mädchen hinter der nur angelehnten Tür knarrte, und ich wusste nicht, ob es Dorothée oder Émilie war, die sich da rührte. Ich lag wie auf der Lauer, wartete auf das leiseste Gemurmel und registrierte jedes Knacken im Haus, das des Holzes im Dachstuhl, das der Fenster, an denen

hin und wieder der Westwind rüttelte. Ich stellte mir das Haus inmitten der freien Natur vor, auf einem Hügel gelegen, dessen Umrisse ich nach Anbruch der Nacht nicht mehr hatte erkennen können. Dabei waren wir noch eine Weile auf der Terrasse gesessen, nachdem die Kinder im Bett waren. Doch die Nacht war pechschwarz, und wir begnügten uns damit, die Lichter des fernen Ufers des Atlantiks zu betrachten. Nach der langen Autofahrt hatten wir das Brummen des Motors noch im Ohr, das weiterhallte und uns von der Welt isolierte. Wir hatten uns umgeschaut, doch um uns herum war nur die Tiefe der Nacht und das Quaken der Frösche.
Irgendwann in der Nacht bist du aufgestanden. Du hast den Wasserhahn laufen lassen, bist an einen Stuhl gestoßen, hast etwas in deiner Hosentasche gesucht, wie mir schien. Danach bist du lautlos ins Bett zurückgekehrt, hast dich aber bis zum Morgengrauen unruhig hin und her gewälzt. Du hast nicht gefragt, ob ich schlafe, du hast nicht nach mir getastet, um mich zu berühren, um zu sehen, ob ich noch da war.

Der erste Tag brachte uns ganz schön in Verlegenheit. Die Sonne stand schon hoch am Himmel, als wir aufstanden, und irgendwie hatten wir das Gefühl, die Zeit einholen zu müssen, die uns davonlief. Wir fühlten uns von aller Welt abgeschnitten, an einem fremden Ort, wo wir plötzlich nur mit uns selbst konfrontiert waren. Wir teilten notgedrungen denselben Raum, atmeten dieselbe Luft, mussten unseren alltäglichen Gesten einen Sinn geben. Wir wussten nicht mehr, in welcher Reihenfolge wir was tun sollten. Wir warteten, beobachteten uns, argwöhnisch und neugierig zugleich. Wir verließen uns darauf, dass der andere den Ablauf dieses ersten Tags organisieren, alle Risiken auf sich nehmen würde. Erst als wir Hunger bekamen, wurden wir aktiv. Wir stiegen alle fünf ins Auto und fuhren ins Dorf. Schon vom ersten Tag an bildeten wir eine geschlossene Front mit einem gemeinsamen Ziel. Noch war alles möglich. Auf engstem Raum sind wir hierher gefahren, mit geöffneten Autofenstern, und die tollkühne Geschwindigkeit, mit der du gefahren bist, gab unseren Ferien einen Vorgeschmack von heiterer Sorglosigkeit. Wir hatten geschrien, wenn die Straße sehr abschüssig war oder wir zu dicht an einer Schlucht entlang fuhren, danach gingen unsere Schreie in Gelächter über, und unser Gefährt glitt wie ein Kirmeskarussell seinem Ziel näher. Unsere ausgelassene Fröhlichkeit hatte etwas Künstliches, Aufgesetztes, doch uns war danach, uns von der Illusion von Glück täuschen zu lassen. Wir wollten uns dieser Leichtigkeit hingeben, der Leichtigkeit jener, die glauben, ein neues Leben sei möglich. Du hattest nicht nur das Lenkrad in den Händen, sondern auch unser Schicksal.

Dicht hinter mir bist du durch die Straßen des Dorfs gegangen. Die Kinder gingen hinter uns, Vincent auf der einen Seite, die Mädchen auf dem gegenüberliegenden Trottoir. Ich bat Dorothée, Émilie die Hand zu geben. Überall witterte ich Gefahr. Du schienst dir keine Sorgen um Vincent zu machen, der so sehr trödelte, dass wir ihn irgendwann nicht mehr sahen. Du hast nicht darauf geachtet, dass Vincent uns aus der Ferne beobachtete. Du warst auf der Suche nach einem Café. Du wolltest uns einen Aperitif ausgeben. Als wir dann auf der Terrasse saßen, sahen wir wie eine richtige Familie aus. Das war ein neues Spiel, das wir gerade erst erlernten. Es war fast aufregend, beim Bestellen der Getränke unsere Rollen zu spielen. Doch die Kirchturmuhr hatte bereits zwölf Uhr geschlagen, und die Geschäfte würden bald schließen. Wir mussten uns beeilen, doch du wolltest noch ein zweites Glas trinken. Wir irrten durch das Dorf. Wir kamen auch an einem Tabakladen vorbei, doch du bist nicht hineingegangen. Du hast darauf geachtet, dass du immer in meiner Nähe warst, doch dein anfänglicher Elan hatte sich gelegt. Sicher auch wegen der Sonne, die gnadenlos heiß vom Himmel brannte. Manchmal, wenn es sehr eng wurde, gingen wir im Gänsemarsch. Es fiel uns schwer, unsere Schritte aneinander anzupassen. Einmal hast du mich an der Hand gehalten, dann hast du dich wieder entfernt, bist schneller gegangen, ohne Rücksicht auf die Kinder. Ich war es, die darauf achtete, dass keines verloren ging. Schließlich betraten wir einen kleinen Laden. Wir kauften alles, was uns in die Finger kam, aber ohne rechte Überzeugung. Vincent mochte nichts, keine Tomaten, keine Avocados, keine Melone. Du hast seine Meckerei ignoriert. Du wolltest nichts hören. Die Mädchen mochten kein Fleisch, aber sie haben nichts gesagt. Du hast sie eingeschüchtert. Sie beobachteten dich, um zu ergründen, warum wir, du und ich, uns füreinander entschieden hatten.

Unser Ferienhaus lag inmitten von Weinbergen. Überall war es grün, ein lebhaftes Grün, das im Sonnenschein glänzte und manchmal weißlich schimmerte. Die Hügel fielen sanft ab, und am frühen Nachmittag kam oft die Tramontana auf, die einen leichten, ockerfarbenen Staub mit sich brachte. Am Weg, der zum Haus führte, wuchs ein Feigenbaum. Sein süßlicher Duft überraschte uns nach Sonnenuntergang sogar auf der Terrasse. In weniger als fünf Minuten war man im nächsten Weiler. Hinter dem Haus fing der Wald an, die Bäume wuchsen am Waldrand etwas spärlich, wurden dann aber dichter und dichter. Ein Wald aus Korkeichen und Kiefern, dornigen Büschen und Kastanienbäumen, und wir verboten den Kindern, ihn zu betreten. Wir waren nicht ganz sicher, ob wir mit diesem Verbot das Richtige taten, schämten uns fast ein bisschen. Doch da wir beide, du und ich, von der Angst des Verlierens beherrscht waren, verboten wir den Kindern instinktiv, allein auf Erkundungstour zu gehen. Nur Vincent, vom Namen her unbezwingbar, hat uns ins Gesicht gelacht. Du hast ihm erklärt, wie gefährlich es ist, im Wald ein Feuer zu machen. Feuer – welch seltsame Faszination. Wir waren uns sicher, dass die Mädchen Vincent bitten würden, ihnen zu zeigen, wie man mit einer Glasscherbe eine Flamme erzeugt. Sie hätten gebettelt und gebettelt und ihn auf diese Weise dazu angestachelt, sich selbst zu übertreffen, ein großes Risiko einzugehen. Er war ihr großer Held und auch ihr Schutzwall. Uns Erwachsenen gegenüber war Vincent der Stoßdämpfer. Die Mädchen, weniger mutig, hielten sich lieber im Hintergrund, spielten lieber die passive Rolle.

Dorothée nahm sich jeden Morgen ihr Übungsheft für die Ferien vor, das wir vor der Abreise noch gekauft hatten. Im September würde sie in die erste Klasse kommen, wollte aber unbedingt schon alle Buchstaben kennen. Ihren Namen konnte sie schon schreiben, in Schreibschrift und in Großbuchstaben, und ich war stolz auf sie. Sie setzte sich an den Küchentisch und breitete ihre Filzstifte und Buntstifte um sich herum aus. Du wolltest den Tisch auch haben, um das Mittagessen vorzubereiten. Du hast eine Zeitung vor dir ausgebreitet und wolltest

Kartoffeln schälen. Dorothée hattest du in eine Ecke gedrängt. Auf diese Weise hattest du dir dein Terrain erobert, konntest die Ellbogen ausbreiten, ohne auch nur einen Gedanken darauf zu verschwenden, wie viel Mühe es Dorothée nun kostete, sich zu konzentrieren. Du bist aufgestanden, hast dich wieder gesetzt, bist noch mal los, um den Kartoffelschäler zu suchen. Du hast deinen Stuhl verschoben, den Kühlschrank geöffnet, ein Sieb auf den Tisch gestellt, einen Topf mit Wasser, und natürlich hast du irgendwann Dorothées Heft nass gemacht. Das war unvermeidbar, ich weiß nicht, wieso, doch du hast überhaupt nicht auf Dorothées Heft geachtet. Was vor dir und um dich herum vor sich ging, interessierte dich nicht. Du hast nichts gesehen, wolltest nichts sehen. Du hast deinen Platz beansprucht, dich auf deine Kartoffeln konzentriert, als hinge deine Zukunft davon ab. Ganz methodisch bist du das Schälen angegangen. Die Schreibübungen interessierten dich nicht, ebenso wenig wie meine Tochter selbst. Du warst allein mit dir, hattest dich hinter den Mauern deiner Blindheit verschanzt. Schließlich stand Dorothée vom Tisch auf und kam zu mir nach draußen. Sie lernte, dir aus dem Weg zu gehen. Sie lernte, wie es ist, verjagt zu werden. Woher hätte sie auch wissen sollen, dass ihr Fleiß angesichts Vincents schulischen Versagens in deinen Augen ein Affront war?

Der Swimmingpool reflektierte alles Licht, er lag da wie ein Stück des Himmels. Er war der Ort der Versöhnung, eine willkommene Möglichkeit, nach dem Essen den Tisch zu verlassen, lästige Pflichten zu beenden, Spannungen zu entfliehen. Das Wasser plätscherte leise und wiegte uns in unsere Siesta. Es lockte Insekten an und Vögel, die trotz des beißenden Chlorgeschmacks zum Trinken kamen. Der Pool tröstete uns, nahm uns auf. Er fing alle Lichtstrahlen auf, die sich dann an unsere Gesichter hefteten und unsere Augen strahlen ließen. Selbst wenn wir nicht baden wollten, hielten wir uns gerne am Rand des Pools auf. Man hatte das trügerische Gefühl, dass sich dort immer etwas tat. Obwohl gar nichts geschah. Das Wasser wurde nur endlos gefiltert und mit einem nicht wahrnehmbaren Strom wieder ausgespuckt. Wenn Wind aufkam, zitterte die Oberfläche ganz leicht. Wenn die Hitze uns zu stark zusetzte, setzten wir uns an den Rand und ruderten mit den Füßen durchs Wasser. Wenn wir unsere eigene Trägheit nicht mehr ertrugen, kurz vor einer Ohnmacht standen, tauchten wir ganz ein. Dann schwammen wir der Länge nach durch das kleine Becken, glücklich über das erfrischende Gefühl und die neue Lebenskraft, welches das Wasser uns verlieh.

Vincent verbrachte fast den ganzen Tag im Pool und wollte Émilie bei sich haben. Doch Émilie fand das Wasser zu kalt. Sie streckte eine Zehe hinein und begann dann zu zittern. Weil sich in diesem Moment ein Wölkchen vor die Sonne schob, beschloss sie, nicht ins Wasser zu gehen. Vincent rief, dass es ohne Émilie total langweilig sei. »Komm schon, ich bring dir das Tauchen bei!« Doch Émilie drehte sich um und ging weg, behauptete, sie hätte schlimme Bauchschmerzen. Sie hatte ihre Regel bekommen, und diese Neuerung verwirrte sie. Sie war zwar bereit, ihren Badeanzug anzuziehen und sich in die Sonne zu legen, um braun zu werden, doch auf gar keinen Fall würde sie ins Wasser gehen. Sie scharwenzelte um das Becken herum, rannte trotz unserer Ermahnungen über die Steinplatten. Vincent war mit einem Satz aus dem Wasser und rannte ihr nach, jagte sie bis ins Haus. Dorothée kreischte lauthals, als wäre Vincent ein böser Wolf. Émilie schloss sich ins Badezimmer ein, und sobald sie in Sicherheit war, hörte sie für kurze Zeit mit ihrem Theater auf. Daraufhin nahm Vincent sich Dorothée vor und drohte, sie ins Wasser zu werfen, sichtlich genervt über meine warnenden Hinweise, dass Dorothée noch nicht schwimmen könne. Ein schönes Bild, Dorothée in Vincents Armen, wie sie lachte und zitterte, ob nun vor Angst oder vor Aufregung. Du warst auch da, ganz in meiner Nähe, und hast die unschuldige Darbietung unserer beiden Kinder ebenfalls beobachtet. Dein Sohn und meine Tochter, vierzehn und sechs Jahre alt, eng umschlungen, die für einen kurzen Augenblick wie

Welpen derselben Züchtung aussahen. Wenn wir uns nur etwas Mühe gäben, so bildeten wir uns ein, wäre alles möglich. Dafür gab es Beweise. Doch dann bekam ich wieder Angst. Du warst zwar da, hast aber nichts gesagt, schienst sehr weit weg von uns zu sein. Vincent warf dir den Ball zu, und du hast ihn mit aller Wucht zurückgeworfen. Wolken ballten sich zusammen wie vor einem Gewitter, und Émilie tauchte wieder auf, angezogen von Kopf bis Fuß, mit zusammengekniffenen Augenbrauen und den Kopfhörern ihres Diskmans an den Ohren. Ich nutzte die Gelegenheit, um Dorothée Schwimmunterricht zu geben. Ich hatte mir vorgenommen, dass sie am Ende dieser Ferien das Becken ganz ohne fremde Hilfe durchschwimmen können sollte. Du wolltest mich dabei unterstützen, hattest es mir versprochen. Doch du bist einfach auf dem Liegestuhl liegen geblieben. Leise Zweifel beschlichen mich. Mein Vertrauen in dich schrumpfte.

Alles wurde anders, als du den dunklen Schatten hinter dem Fenster entdeckt hast. Du bist näher gegangen und hast einen lauten Schrei des Staunens ausgestoßen. Du hast die Kinder gerufen. Du warst nicht mehr wiederzuerkennen. Ein Bienenschwarm hatte sich zwischen der Scheibe und dem Fensterladen des Badezimmerfensters eingenistet. Ein Glück, sagtest du, dass niemand es bisher geöffnet hat. Das wäre eine Katastrophe gewesen. Die Kinder stellten sich längs der Badewanne auf, haben sich dann vor lauter Neugier mit den Füßen hineingestellt. Der große Schwarm hatte den ganzen Zwischenraum okkupiert. Alle rissen vor Staunen die Augen auf. Vincent, der sich mit Bienen auskennt, erklärte Émilie ein paar Fakten und sorgte dann dafür, dass auch Dorothée die Insekten aus nächster Nähe sehen konnte. Du hast Vincents Kommentare ergänzt, und was du erzählt hast, war sehr spannend. Ich beobachtete euch vier, wie ihr zusammengedrängt vor der Fensterscheibe standet, völlig hingerissen von dem soeben entdeckten Schauspiel. Du hast geredet, warst präsent, voll und ganz da. Die Kinder stellten dir Fragen, drängten sich um dich. Ich selbst existierte nicht mehr, und das war gut so. Du schienst so lebhaft, so glücklich mit uns zu sein. Irgendwann hast du mich gefragt, ob ich nicht auch schauen wolle. Also kletterte ich ebenfalls in die Wanne, und du hast mir deine Hand gereicht. Dein Gesicht kam ganz nah an meines. Dein Bart begann zu pieksen. Unsere Blicke trafen sich, und ich beschloss, keine Angst mehr zu haben.

Du bist erneut mitten in der Nacht aufgestanden und auf die Terrasse gegangen. Ich glaube, du bist sehr lange dort draußen geblieben, hast dich vermutlich auf die nackte Erde gesetzt, das Reisig zerdrückt. Ich bin dir nicht gefolgt wie früher, als wir uns erst kurz kannten. Ich habe es gelernt, dir Freiräume zu lassen. Ich wusste, dass du an *sie* dachtest, dass du versuchtest, gegen das Vergessen anzukämpfen, indem du dir die Worte vor ihrem Tod in Erinnerung gerufen hast. Ich hatte Angst, dass die Vergangenheit übermächtig groß wird. Ich habe gewartet, dass du wiederkommst, lag wie gelähmt auf unserem Klappsofa. Ich hörte Vincents Atemzüge im Mezzanin. Ich versuchte, mir euch beide vorzustellen, euch beide bei ihr. Vincent als unbekümmerter kleiner Junge und du, wie du sie umarmt und deinen Mund auf ihre Lippen gelegt hast. Wieder einmal versuchte ich, mir diese Szene vorzustellen und nahm es in Kauf, dass ich dabei am ganzen Leib zitterte. Euer Leben, an dem ich keinen Anteil habe, und von dem ich nur weiß, dass es schöner war als alles, was ich euch heute bieten kann. Ich versuchte nachzudenken, so verzweifelt, wie man es um zwei Uhr in der Früh tut, während du draußen im Mondschein gezittert hast. Mir war klar, dass ich unbedingt wieder einschlafen musste, ungeachtet der Gefahr, sämtliche Dämonen der Nacht in meinem Bett zu empfangen. Ich wartete auf dich. Ich ertrug das Alleinsein nicht. Ich und die Kinder, das genügte mir nicht, das ist doch nichts wert. Ich wollte so vieles für dich tun, doch du hieltest mich auf Distanz. Du wolltest dein verlorenes Terrain verteidigen.

Die Mädchen warteten auf einen Brief ihres Vaters. Das wusste ich. Ich merkte es an der Art, wie sie um mich herumschlichen, wenn sich im Laufe des Tages plötzlich eine Bresche öffnete, sich eine Klammer auftat, ein toter Punkt kam. Das geschah am häufigsten, wenn wir von einem Ausflug zurückkehrten. Das Haus kam in Sicht, noch ein paar hundert Meter an den Rebstöcken vorbei, und wir konnten aus dem Wagen steigen. Émilie stürzte sich dann immer gleich zu dem Fensterladen, hinter dem der Briefträger am dritten Tag unseres Aufenthalts einen Brief für Vincent hinterlegt hatte. Sie tat so unbeteiligt wie möglich und gab vor, nur nach dem Fenster sehen zu wollen. Sie suchte, drehte sich noch einmal um und kam dann wortlos – und etwas verloren – wieder zu mir. Dorothée ging zu ihrer Schwester, und die beiden hielten sich an der Hand, schlenkerten ihre Arme hin und her ohne ein Wort zu sagen. Dann hielten sie inne und ihr Gesichtsausdruck veränderte sich. Nur ihre Hände zeigten zum Himmel, fielen dann blitzschnell und fast krampfartig wieder herunter. Dieses stumme Ritual erschütterte mich, erinnerte mich an mein eigenes Warten, damals, als ich über ein Jahr lang auf die Rückkehr meines entflohenen Ehemanns gehofft hatte. Ich dachte mir, wenn er schon meinetwegen nicht zurückkäme, dann vielleicht ihretwegen. Ich dachte, die Kinder würden ihn zurücklocken. Doch ganz offensichtlich hatte ich mich getäuscht. Er war immer völlig vernarrt gewesen in seine Töchter, doch das war offenbar mit einem Schlag vorbei. Wie eine Uhr, die plötzlich stehen bleibt. Es dauerte Monate, bis ich mir eingestehen konnte, dass ich mich getäuscht hatte. Sein Platz war nicht mehr bei uns. Wir interessierten ihn nicht mehr. Er hatte sich von uns gelöst wie eine reife Frucht vom Baum. Sein Leben spielte sich anderswo ab, wo, habe ich nie erfahren. Woanders, was bedeutet, so weit weg, so dass er seine Töchter nur noch jedes zweite Wochenende sehen kann. Dorothée und Émilie hielten sich noch immer an den Händen, als sie zu mir kamen und um mich herumstrichen. Es störte dich, ich merkte es wohl, dass meine Töchter eine Art Ringelreigen um mich tanzten, um mich herumschwirrten wie Mücken kurz vor einem Gewitter. In solchen Momenten hast du oft etwas Negatives gesagt. Dabei hätte ich so gern deine Arme um meine Schultern gespürt. Aber nein, du gingst auf Abstand, sobald wir drei eine Einheit bildeten, du bist geflohen, nur nichts sehen, nur kein Augenzeuge sein. Du zogst es vor, dir diese bedrückte Stimmung vom Hals zu halten, als ginge sie dich nichts an. Und vielleicht ging sie dich ja wirklich nichts an.

Es waren unsere ersten gemeinsamen Ferien. Wir wollten wissen, ob wir – du, ich und die Kinder – in der Lage wären, unter demselben Dach zu leben.

Wir brannten darauf, eine Antwort auf diese Frage zu finden. Wir waren so voller Hoffnung. Es war eine gegenseitige Liebeserklärung, vermutlich die erste. Es sei denn, wir würden eine Übereinkunft treffen, eine Vernunftehe schließen. Gleich am ersten Tag, dem Tag unseres Kennenlernens, wusste ich, dass mein Leben mit dir neu beginnen würde. Nach langen Jahren der Einsamkeit kamst du, und ich merkte, dass ich noch am Leben war. In mir war noch Kraft, die ich längst vergessen hatte. Nachdem ich jahrelang morgens nur mit Mühe aus dem Bett kam, wie blind und in meinen Kummer vergraben. Die Mädchen waren mein einziger Orientierungspunkt, mein Rettungsanker gewesen. Nur sie hielten mich davon ab, in die Sinnlosigkeit abzugleiten. Sie zwangen mich zum Weitergehen, doch ich ging zögernd und schwankend, als würde ich gerade von einer schweren Krankheit genesen. Ich hörte nichts mehr, sah nichts mehr. Ich musste erst wieder lernen, mich zu beschäftigen, Termine einzuhalten. Mich nicht von der Last der Stunden überwältigen zu lassen, der enormen Masse an Zeit, die einfach nicht vergehen wollte. Dies war der einzige Kampf, den zu kämpfen ich damals noch in der Lage war. Planen, vorausschauen, die schrecklichen Wochenenden ertragen, sie mit Aktivitäten ausfüllen – von den Ferien, dem großen schwarzen Loch ganz zu schweigen. Ich erinnere mich noch gut an die Freitagnachmittage, wenn ich wartend vor der

Schule stand. An diese quirlige Aufregung, die in der Luft lag. Eine ganz besondere Unruhe, eine leichte Anspannung. Und all die Frauen, die vor dem Portal darauf warteten, dass ihre Kinder im Hof auftauchten, Frauen, die sich in kleinen Gruppen miteinander unterhielten, ein zufriedenes Lächeln im Gesicht, über ihre Pläne sprachen, ihren sozialen Erfolg genossen und ihre Familie dann in ihren Renault Espace verfrachteten. Ich wusste, dass sie einen randvollen Terminkalender hatten, weil sie oft darüber jammerten. Der Ehemann kam sehr häufig erst spät nach Hause, wie ärgerlich. Aber ihre Männer kamen nach Hause, müde und vielleicht auch schlecht gelaunt, aber sie kamen wenigstens! Sie küssten ihre Frau zerstreut in den Nacken, umarmten ihre Kinder und öffneten den obersten Knopf ihres Hemds. Ihr Leben konnte weitergehen. Ich hingegen stand vor den Gitterstäben der Schule, mit Angst im Bauch, und ich existierte so gut wie nicht. Als wäre mir die Welt weggenommen worden. Ich hoffte, dass die Mädchen nichts merkten, weder meine Verzweiflung noch meine Antriebslosigkeit. Ich hatte nichts zu bieten, nichts zu erwarten. Manchmal bummelten wir durch die Stadt, unter dem Vorwand, ein Buch oder einen Schlafanzug kaufen zu müssen. Nur um den Moment hinauszuzögern, in dem wir drei unsere Wohnung betreten würden. Dann bist du in mein Leben getreten und hast mich aus meinem Exil geholt. Du hast meinen Tagen wieder einen Sinn gegeben, dem Warten vor dem Schultor, du hattest Augen, die mich anschauten, und alles war plötzlich anders.

Der Bienenschwarm wuchs. Die Bienen arbeiteten fleißig weiter, jede erfüllte ihre spezielle Rolle. Die Baubienen waren ständig damit beschäftigt, Waben zu bauen, in denen der Honig deponiert wurde, die Wachbienen blieben hinter dem Fensterladen, jederzeit bereit, ihr Terrain zu verteidigen; die Sammlerinnen flogen aus, um Pollen zu sammeln. Wir beobachteten ihren Lebenszyklus, Tag für Tag, voller Bewunderung für so viel Ausdauer, und gelobten uns insgeheim, beim Aufbau unseres neuen, gemeinsamen Lebens ebenso viel Eifer an den Tag zu legen. Die Bienen produzierten Honig, was immer auch passierte, und ihre Hauptaufgabe bestand darin, die Königin zu beschützen. Die Insekten taten alles Nötige, um ihr Ziel zu erreichen.

Es gab Tage, da blieben wir im Ferienhaus. Eingeschlossen in die Kühle der Mauern, bei geschlossenen Fensterläden, oder aber träge auf den Liegestühlen. Wir hatten keine Lust, die Landkarte zu studieren und uns ins Auto zu setzen. Wir gaben uns dem trägen Verlauf der Stunden hin und blinzelten nur hin und wieder in die Sonne. Ich nahm mir einen Roman vor, den ich jedoch nur überflog, ohne mich wirklich darauf einzulassen. Ich dämmerte vor mich hin, las dieselben Sätze mehrmals hintereinander und schlug das Buch irgendwann wieder zu, da ich unfähig war, Interesse für die Figuren aufzubringen. Die Mädchen probierten stundenlang ihre magere mitgebrachte Garderobe an und führten sie einander vor. Danach zogen sie ihre Badeanzüge an, cremten sich mit Ambre Solaire ein und tänzelten wie Mannequins am Rand des Pools entlang, unter den Augen Vincents, der sich betont gelangweilt gab. In dem Moment, als Vincent hoffte, sie ins Wasser locken zu können, drehten sie ihm plötzlich den Rücken zu, rannten ins Haus und legten sich in ihrem Zimmer aufs Bett, was mich zu missbilligenden Worten veranlasste und mich zwang, die nötige Energie aufzubringen, um diese auch noch mit lauter Stimme zu äußern. Derart im Stich gelassen, setzte Vincent sich an den Rand des Pools und schlenkerte lustlos mit den Beinen. Auf einmal sprang er wieder auf, schnappte sich den Kescher und eilte den Insekten zu Hilfe, die im Pool zu ertrinken drohten. Er konzentrierte sich voll und ganz auf diese Aufgabe, in ein verdächtiges Schweigen gehüllt. Nach Abschluss seiner Rettungsaktion kam er zu dir, um dir die Marienkäfer und anderen Käfer zu zeigen, die er dem sicheren Tod entrissen hatte. Doch angesichts deiner mangelnden Begeisterung fielen ihm die Mädchen wieder ein und er rannte tropfend ins Haus. Etwas in seinem Blick gefiel mir nicht, und ich sah mich wieder einmal gezwungen einzugreifen, da du es offenbar aufgegeben hattest, dich um Vincent zu kümmern.

Mir wäre es lieber gewesen, wenn keine Kinder um mich herumgesprungen wären, die etwas zu essen und zu trinken haben wollten, unzählige Fragen stellten und irgendwann vor Langeweile Trübsal bliesen oder sich stritten. Es wäre mir lieber gewesen, wir beide wären allein gewesen, nur du und ich, einen ganzen Tag nur für uns, um den Wind in den Bäumen am Waldrand rascheln zu hören. Nichts tun, außer den Duft des Feigenbaums einzuatmen, der hin und wieder herüberwehte. Wie schön wäre es gewesen, wenn du zu mir gekommen wärst und mich auf meinen nackten Bauch geküsst hättest. Wenn wir endlich einmal nur an uns gedacht hätten, an diese Zukunft, an die zu glauben wir uns nicht hindern konnten, und alles andere vergessen hätten, die Kinder und ihre Anfälle von Verzweiflung, die wir zu lindern versuchten, die Abwesenden sowie die Vergangenheit, die uns daran hinderte, unsere Ketten abzustreifen. Du warst da, an meiner Seite, groß gewachsen und mit dem Körper eines Wettkampfschwimmers, obwohl du die Zerbrechlichkeit eines Titanen hattest, und genau das liebte ich so an dir, deinen kräftigen, leicht nach vorn gebeugten Körper und die Geschmeidigkeit, mit der du dich bewegtest, obwohl du häufig von einer plötzlichen Nervosität gepackt wurdest. Ein Mann mit zwei unterschiedlichen Gangarten, fügsam und rebellisch, sanft und gewalttätig, bisweilen trotzig wie ein Kind. Ich lag ausgestreckt auf der Terrasse und beobachtete dein Kommen und Gehen. Du gingst ins Haus, kamst wenig später mit einem Glas Weißwein und einem Schälchen Oliven wieder heraus, brachtest mir etwas zu trinken mit, gingst neben mir in die Hocke, und ich schloss die Augen. Lichtmuster bewegten sich unter meinen Lidern, und ich ließ mich vom Zirpen der Zikaden und den ersten Auswirkungen des Alkohols einlullen. Ich wusste, dass dir das Rauchen fehlte. Ich hörte dich erneut ins Haus gehen und ein paar Schubladen öffnen. Wenig später kehrtest du wieder zu mir zurück, ohne so recht zu wissen, ob da dein Platz war. Irgendwann hast du dich auf die warmen Bodenplatten gesetzt, und deine bloße Gegenwart genügte mir. Die ausgelassenen Schreie der Kinder drangen durch die geschlossenen Fensterläden ins Freie. Aber wer hätte schon die Energie aufgebracht, in das Zimmer zu gehen, wo Vincent die Mädchen zu piesacken schien? Wir stellten uns lieber vor, es sei nur ein Spiel, waren zu faul, um Vincent zur Rede zu stellen, der offenbar nie zwischen Gut und Schlecht unterscheiden konnte. Das war eines der Probleme, die zwischen dir und mir standen: Vincent.

Er war zehn Jahre alt gewesen, als seine Mutter starb, und daran musste ich praktisch jede Sekunde denken. Wenn ich Vincent anschaute, sah ich seine Mutter mit ihren blauen Augen und den blonden Haaren vor mir. Dein Sohn verunsicherte mich, weil seine Mutter tot war, ich aber lebte. Ich wusste nicht, wie ich vor Vincents Augen deine Frau sein konnte. Manchmal schaffte ich es nicht, dich zu berühren, weil er in der Nähe war und ich nicht wusste, wie er diese Geste auffassen würde. Ich hatte Angst, mich dir so zu nähern, wie sie es getan hatte. Ich trat hinter dich und fasste dich an den Schultern, stellte mich auf die Zehenspitzen, um dich von hinten zu umarmen, doch dann spürte ich Vincents Blick in meinem Rücken, was mein Verlangen abrupt erlahmen ließ. Er sagte nichts, niemals, erlaubte sich keinen Kommentar, doch schon sein Schweigen ließ mich erstarren. Hin und wieder spürte ich seinen Blick eine Sekunde zu lange auf mir ruhen und glaubte das ganze Ausmaß seiner Empörung zu erahnen. Aber vielleicht täuschte ich mich auch. Bildete ich mir das alles vielleicht nur ein, weil Vincent mir wie ein quälendes Rätsel vorkam? Du warst mir keine große Hilfe. Du hast meine Annäherungen über dich ergehen lassen, aber nie reagiert. Du hast die Verantwortung für meine Zärtlichkeitsbezeugungen bei mir belassen, ohne dich unter Vincents Augen jemals gehen zu lassen. Deshalb waren wir reserviert, unseren Worten fehlte jede Leichtigkeit und unserem Lächeln jede Ungezwungenheit. Wir hatten uns ständig unter Kontrolle. Wir fühlten uns schuldig. Und dabei liebte ich Vincent, auch wenn dieses Kind mir Angst machte. Ich hörte es gern, wenn er mich bei meinem Vornamen nannte, denn er würde nie mehr »Mama« sagen können. Daran dachte ich manchmal, wenn er mich anredete. Er sagte »Linda«, wenn er eigentlich seine Mutter hätte ansprechen müssen. Und Linda, das war ich, die ihn zu gern auf meine Knie gezogen hätte, doch dafür war es zu spät, man nimmt einen Teenager nicht auf den Schoß, liest ihm abends vor dem Schlafengehen keine Gutenachtgeschichte mehr vor, fasst ihn nicht an. Man tröstet ihn nicht, wenn er nicht darum gebeten hat, man begnügt sich damit, ihm besorgt über die Wange zu streicheln. Man kann ihm mit dem Handrücken über die Stoppelhaare fahren, die Kapuze seines Anoraks zurechtrücken, ihm vor dem Weggehen die Wange hinhalten. Doch ich glaubte zu spüren, dass er jeden Körperkontakt mit mir zu vermeiden suchte. Er hätte *sie* gebraucht, das war mir klar, und was sollte er da mit mir anfangen? Würde er mich jemals an sich heranlassen? Ich machte mir Sorgen um Vincent, wegen seiner scheinbaren Stärke; und die Energie, mit der er uns glauben machen wollte, dass alles in Ordnung sei, machte mich ratlos und hilflos. Das war seine Art, mich auf Distanz zu halten, mir zu beweisen, dass er ohne seine Mutter auskommen konnte und folglich auch ohne mich. Doch das konnte von einer Sekunde auf die andere kippen. Eine Kleinigkeit reichte aus, und sein so mühsam aufgebautes Gleichgewicht brach zusammen. Das geschah zum Beispiel, wenn die Mädchen mich stürmischer als sonst in Beschlag nahmen und mit Zärtlichkeiten überhäuften. Wenn Dorothée sich auf meinen Schoß setzte. Wenn Émilie mir um den Hals fiel und einen Kuss verlangte. In solchen Augenblicken beobachtete Vincent uns aus dem Augenwinkel, und was ich in seinen Augen zu lesen glaubte, erschreckte mich. War es seine Angst, die mich da durchbohrte, oder meine eigene, die er nur ungefiltert widerspiegelte? Anfangs hatte ich geglaubt, dass wir uns im Laufe der Zeit einander annähern würden, dass Vincent sich irgendwann auch trauen würde, mir um den Hals zu fallen und zu meinem Kind zu werden, zu dem Sohn, den ich nie gehabt hatte. Doch ich hatte mich getäuscht, wir haben nicht genügend Zeit gehabt, um eine richtige Familie zu werden.

Es war ein klarer Tag. In der Ferne konnten wir den Atlantik ausmachen, mit seinem Strand, den wir uns verlassen vorstellten. Du machtest den Vorschlag, ans Meer zu fahren. Alle packten sofort ihre Badesachen. Du hast dich von unserer Begeisterung anstecken lassen, hast pfeifend ein paar Sachen zum Essen in einen Beutel gepackt. Davor hattest du auf der Landkarte ein Küstendorf ausfindig gemacht, das dir viel versprechend erschien. Ohne Bedauern kehrten wir dem Haus und unseren Weinstöcken den Rücken, froh darüber, ein neues Fleckchen Erde zu entdecken. Auf der Fahrt sangen die Mädchen ein paar Lieder, die sie in der Schule gelernt hatten. Vincent machte sich anfangs über sie lustig, doch irgendwann sang er die Refrains mit. Er ließ sich von unserer guten Laune anstecken und stimmte dann selbst, obschon etwas schüchtern, eine Melodie an, die er allerdings nur summte, weil er vermutlich den Text dazu vergessen hatte. Die Mädchen waren verstummt, und von der Rückbank kam nur noch Vincents Stimme. Es machte mich verlegen, seine konzentrierte und zögernde Stimme zu hören. Nach und nach fielen ihm die Worte wieder ein, und ich sah, dass deine Lippen sich gleichzeitig mit Vincents bewegten. Ich sah auch, wie deine Augen im Rückspiegel die seinen suchten. Ich rührte mich nicht und lauschte auf Vincents Stimme, andächtig und gerührt. Mit seinen vierzehn Jahren sang er uns ein Kinderlied vor, das man schon im Kindergarten lernt. Vincent war nicht mehr bei uns, er sang sein Kinderlied, mit einem Lächeln auf den Lippen, und niemand wusste, woran er in diesem Augenblick dachte, ob er in den Armen seiner Mutter lag oder irgendwo, außerhalb unserer Reichweite, verschwunden war.

Du hast lange gesucht, bis du schließlich einen Parkplatz fandest, und ich hatte schon Angst, du würdest dich wie so oft wieder aufregen. Doch du warst ungewöhnlich geduldig, hast den Kofferraum geöffnet und jedem seine Strandtasche in die Hand gedrückt. Deine scheinbare Gelassenheit war nur ein Vorbote der Panik, die dich gepackt hatte und dich ins erstbeste Tabakgeschäft stürmen ließ. Du sagtest »Ich glaube, ich werde mir jetzt mal ein Päckchen kaufen« und fasstest mich um die Schultern, als wollest du mich um Nachsicht bitten. Du wolltest dich rechtfertigen, doch das ließ ich nicht zu. Dein »Ich glaube« zeigte mir, dass du dich schämtest. Es klang fast so, als wolltest du mich um Erlaubnis bitten. »Ich glaube, ich werde mir jetzt mal ein Päckchen kaufen« – als würde man sagen: »Ich glaube, ich liebe dich.« Dabei warst du dir längst sicher. Du warst dir deines x-ten Scheiterns sicher. Auch dass ich deine Niederlage verurteilen würde. Ich würde wissen, wie schwach du bist. Du legtest deinen Kopf an meine Schulter, bist meinem Blick ausgewichen. Du hast an meine Nachsicht appelliert, auf mein Verständnis gehofft. Dabei hatte ich es vom ersten Tag an gewusst: Du würdest es nicht schaffen, das Rauchen aufzugeben. Dafür musste man kein Hellseher sein. Ich wusste, was du lieber ignoriertest. Aber ich habe dein Spiel mitgespielt. Ich habe so getan, als würde ich dir glauben, habe mir die Gründe für deinen Entschluss angehört. In der Hoffnung, dass ich mich täuschte, wieder einmal. Irren ist menschlich. Was du allerdings nicht wusstest, war, dass ich dein Schwachsein liebte. Wahrscheinlich habe ich mich auch deshalb für dich entschieden. Ich fand es schön, dass ein Mann seine Schwäche eingestehen kann. Und nicht seine Feigheit. Was bewirkt, dass man eines schönen Tages mit dem Rauchen aufhören kann, welche plötzliche Kraft muss einen da gepackt haben? Hast du etwa geglaubt, dass ich mir diese Frage nie gestellt habe? Was ich aus deinem Satz »Ich glaube, ich werde mir jetzt mal ein Päckchen kaufen« heraushörte, war, dass sich für dich nichts geändert hatte. Ich war unfähig, dir die nötige Kraft zu geben. Und das war natürlich auch für mich eine Niederlage, was hast du denn geglaubt? Dass es mich nicht betrifft? Die Begeisterung, die dich zu mir getrieben hatte, war also nicht stark genug, als dass du auf Zigaretten hättest verzichten können. Du hattest es geglaubt, doch das war nur eine Illusion gewesen. Ich selbst war nichts anderes als eine Illusion. Folglich blieben dir letztlich nur die Entzugserscheinungen und dutzende von Entschuldigungen. Du warst mit Entschuldigungen gepanzert. Das konnte ich begreifen. Du bekamst mildernde Umstände. Das wusstest du. Doch es wäre mir lieber gewesen, du hättest es bleiben lassen, statt weiterhin zu unwürdigen Kriegslisten zu greifen, weil du dem Laster nicht entsagen konntest. Vom Beginn der Ferien an sah ich dich neue Ausfluchten erfinden, erbärmliche schlaue Ausreden, welche die Entzugserscheinungen hätten überdecken sollen, die mit der Zeit jedoch immer stärker wurden und dir Tag und Nacht keine Ruhe ließen. Ich habe beobachtet, wie du dich gegen dieses schreckliche Verlangen gewehrt hast, das dich dazu zwang, dich selbst zu betrügen, um dann – nach stundenlangen inneren Kämpfen – zu erliegen. Da du offenbar vergessen hattest, dass ich all das wusste, fügtest du noch hinzu, um dein Eingeständnis zu mildern: »Ich kaufe mir nur ein Päckchen, das wird bis zum Ende der Ferien reichen.« Diese Einschränkung, mit der du den Schein wahren wolltest, fand ich erbärmlich. Dass du es wagtest, mich mit einer so plumpen Lüge besänftigen zu wollen, hat mich verletzt. Ich begann, an dir zu zweifeln.

Die Kinder, die rasch einen Platz am Strand ausgesucht hatten, schlüpften in ihre Badesachen, während sie auf deine Rückkehr warteten. Würdest du vor ihnen rauchen und dich ihren Buhrufen aussetzen oder lieber heimlich rauchen? Als du zurückkamst, hast du dich sofort in die Fluten gestürzt. Dein Körper verschwand in den ersten Brechern. Danach kamst du wieder in Ufernähe, überrascht über die starke Brandung. Alle drei Kinder stürzten sich auf dich und kletterten auf deine Schultern, die sie als Sprungbrett benutzten. Du drücktest Vincents Kopf unter das Wasser. Er versuchte, sich zu rächen. Dann hast du Dorothée, die sich in deine Arme geflüchtet hatte, hochgenommen. Du hast mit den Kindern gelacht, bist mit ihnen über die Wellen gehüpft, hast sie beschützt. Du hast die Mädchen an den Armen im Kreis geschwenkt. Ich saß am Ufer und beobachtete das Licht, das sich in deinem Gesicht spiegelte. Du hast mir zugerufen: »Komm, es ist schön warm!«, und ich antwortete dir: »Gleich, ich warte lieber noch ein bisschen.« Ich genoss diesen Moment, dessen Zerbrechlichkeit ich spürte, ich genoss ihn so, wie man sich an der Vergänglichkeit der Tage erfreut. Ich schaute euch zu, dir und den Mädchen, die dir keine Ruhepause gönnten, und Vincent, der fröhlich mit euch herumtollte, es immer wieder so einrichtete, dass er im Mittelpunkt stand, sich unentbehrlich machte.

Die Ferien verliefen mal friedlich, mal nervenaufreibend, und sie machten mich zu einer fügsamen Geisel, die jederzeit Gefahr lief zusammenzubrechen. Da ich ständig versuchte, auch die kleinsten Anzeichen zu deuten, die Gedanken der anderen zu lesen und die Probleme aller zu lösen, kam ich mir vor wie ein Wäschestück, das ausgewrungen wird. Ich bekam alle Schläge ab. Eines Tages kam der Bienenzüchter, um sechs Uhr abends, obwohl wir mit niemandem rechneten. Du warst im Pool mit Dorothée, die sich tapfer bemühte, mit ein paar

Schwimmzügen bis zu dir zu gelangen. Vincent und Émilie waren hinter dem Haus, am Waldrand, während ich auf der Terrasse Wurst aufschnitt. Der Imker sagte, dass ihn der Hauseigentümer kontaktiert hätte und dass es ihm Leid täte, dass er nicht früher hatte kommen können. Du warst alles andere als begeistert, dass dieser Mann so unerwartet bei uns auftauchte und sich uns quasi aufdrängte. Du hast ihm nicht einmal ins Gesicht geschaut, deine Augen wanderten nur bis an sein Kinn, was vielleicht ganz normal wirkte, derweil du im Wasser warst und er am Rand des Pools stand. Außerdem schien dir die Sonne in die Augen, was die Kontaktaufnahme ebenfalls erschwerte. Du hast dir Zeit gelassen. In aller Ruhe hast du dir die Beine und den Oberkörper abgetrocknet, und ich spürte, dass es dich störte, in der Badehose vor einem Unbekannten zu stehen. Du ließest ihn weiter warten, was mir mit meinem Sinn für Gastfreundschaft, der manchmal fast an Unterwürfigkeit grenzt, peinlich war. Zum Ausgleich für deine Unfreundlichkeit bot ich ihm spontan ein Stück Wurst an. Du fandest dies zu vertraulich, wie ich deinem Blick entnehmen konnte. Dann gingt ihr ins Haus, und Dorothée, neugierig darauf, was gleich passieren würde, kletterte aus dem Wasser und folgte euch. Auch Émilie und Vincent hatten etwas gemerkt und kamen herbeigeeilt. Der Bienenzüchter hatte einen Räucherapparat und einen Schutzhut mit einem schwarzen Schleier dabei. Er trug ein Streifen-T-Shirt wie ein Fußballer. Er überprüfte, wie der Schwarm sich zwischen Fenster und Fensterladen niedergelassen hatte und bestätigte, dass man das Fenster nicht öffnen könne ohne das Ganze zu zerstören, eventuell wäre der ganze Honig ausgelaufen und schlimmstenfalls auch die Königin verletzt worden. Er ging ums Haus, um den Fensterladen von außen zu inspizieren und überlegte sich, wie man die Halterungen aus Stahl absägen könnte. Er zögerte, schien nicht so recht überzeugt zu sein. Dann sagte er, er müsse sich die Sache gründlich überlegen. Sollte er von außen oder besser von innen vorgehen? Dann, statt sich zu verabschieden, packte er Dorothée, wirbelte sie auf dem Arm herum und setzte ihr seinen Hut mit dem schwarzen Gesichtsschleier auf. Derart verkleidet, drehte sich Dorothée lachend im Kreis und bat den Bienenzüchter, ihr zu erklären, wie der Räucherapparat funktioniert. Auf meine Einladung zu einem Aperitif hin setzte sich der Bienenzüchter an unseren Tisch, wollte jedoch nur einen Tee.

Er blieb lange unter dem Vordach sitzen und wurde von den Kindern mit Fragen gelöchert. Du bliebst die ganze Zeit stumm, warst sonderbar bedrückt. Ich hingegen freute mich über seine Anwesenheit, goss ihm lächelnd Tee nach. Er wohnte in einem Dorf in den Bergen, verbrachte die Sommermonate jedoch im Haus seines Vaters im nahe gelegenen

Weiler. Er war zu Fuß gekommen. Er lebte seit über zehn Jahren in der Gegend, kam aber ursprünglich aus dem Norden, wo er, wie er uns erklärte, alles aufgegeben hatte, um sich ganz den Bienen zu widmen. Ich fand es romantisch, dass ein Mann alles aufgeben und sich in die Einsamkeit des Landlebens zurückziehen konnte. Dir kam es suspekt vor. Ich war fasziniert, fühlte mich von der Fremdheit dieses Mannes angezogen, von seiner Hagerkeit, seinem zur Hälfte von einem schwarzen Vollbart verdeckten Gesicht. Wir mussten ihm versprechen, ihn im Weiler zu besuchen, dann würde er uns noch mehr über Bienen erzählen. Er hätte keinen Namen am Briefkasten, wir bräuchten aber nur an den Fensterladen zu klopfen, es sei das erste Haus rechts.

In dieser Nacht gab es ein Gewitter, und wir hatten es versäumt, die Liegestühle und die Stuhlauflagen wegzuräumen. Zwischen den Rebstöcken hatten sich kleine Rinnsale gebildet, welche die Erde weggespült hatten und nun ins Tal strömten. Unsere Terrasse war mit einer Schlammschicht und von den Bäumen gerissenen Blättern und Reisig bedeckt. Wir verbrachten den Morgen damit, aufzuräumen und die Sachen zum Trocknen auszubreiten. Der Himmel sah noch immer etwas bedrohlich aus, mit grauen Wolken verhangen, die vom Wald her kamen. Ein frischer Wind, der nichts Gutes verhieß, fegte um unsere Beine. Der Postbote tauchte mit seinem Auto am Ende des Wegs auf und übergab mir einen Brief für Vincent. Sofort riss Vincent mir diesen aus der Hand, als hätte er Angst, ich würde ihn aufmachen. Seine Bewegung war brüsk und unhöflich, und ich wurde wütend auf dich, weil du ihn nicht zurechtwiesest. Du hast so getan, als sei nichts passiert, hast zugelassen, dass Vincent sich als Herr der Lage fühlte. Vincent schüttelte die Mädchen ab, die unbedingt wissen wollten, wer ihm Post geschickt hatte, und flüchtete sich ins Mezzanin. Auf einen Schlag existierten wir nicht mehr für ihn, die Mädchen und ich, er hatte uns beiseite geschoben. Plötzlich waren wir wieder getrennt, es gab euch auf der einen Seite, eure Vergangenheit und eure Geheimnisse, zu denen wir keinen Zutritt hatten, sowie uns, unsere eher banale, traurige Geschichte auf der anderen Seite, und wir spalteten uns in zwei Lager, die Männer dort, die Frauen hier. Ihr beide wart im Haus und wir davor, die wir uns nicht mehr hineintrauten, aus Angst, unseren Platz nicht mehr zu finden. Ich war gezwungen, auf ein Signal zu warten, ehe ich einen Schritt auf dich zumachen durfte. Doch du ließest dir Zeit, du warst bei Vincent im Mezzanin, und ich weiß nicht, ob ihr geredet habt – ihr spracht so wenig miteinander – oder ob ihr einfach nur beisammen wart, im selben Raum, um das zarte Gefühl von Zusammengehörigkeit zu spüren. Ich habe auf ein Zeichen von dir gewartet, doch dieses Zeichen kam nicht, ich war nicht erwünscht, ich konnte nichts für euch tun. Ich schlich um den Feigenbaum herum, mit dem Gefühl, in diesem Augenblick nichts als ein freies Elektron zu sein, und ich musste mir wohl oder übel eingestehen, dass dieses Nichts, das mir zugewiesen worden war, mich von dir trennte, mich von dem Geheimnis, das dich umgab, fern hielt. Ich litt darunter, dich nicht fassen zu können, keine Macht über dich zu haben, nur eine Frau zu sein, die in der Mitte deines Lebensweges zu dir stieß, ebenso abgetrennt von deiner Vergangenheit wie du von meiner. Eine Frau, die in deinen Erinnerungen keinen Platz hat.

Du teiltest uns mit, dass Vincents Großmutter, deine Mutter also, uns in den nächsten Tagen vermutlich besuchen käme. Ich hatte das Gefühl, dass diese Ferien dann nicht mehr denselben Reiz haben würden. Natürlich hast du mich nach meiner Meinung gefragt, du wolltest mir diesen Besuch nicht einfach aufdrängen, so taktlos warst du nicht. Und ich war nicht so arrogant, abzulehnen, denn mir war bewusst, welche Rolle deine Mutter beim Tod deiner Frau in Vincents Leben gespielt hatte. Du hast mir oft davon erzählt, davon, was deine Mutter für dich getan hat, von ihrer Großherzigkeit und ihrer Seelengröße. Von all dem, was deine Mutter sich ausgedacht hatte, um Vincent aus dem Schweigen zu locken, in das er sich über Monate hinweg eingeschlossen hatte. Wie sie sich Tag für Tag um ihn kümmerte und mit welch beispielloser Geduld sie auf ihn einredete, bis eines Morgens endlich wieder ein Laut über seine Lippen kam. Deine Mutter würde mit Lebensmitteln und einem Geschenk für jeden anreisen. Sie würde zwischen uns stehen, zwischen dir und mir, und mit Vincent reden, als wäre er noch ein kleiner Junge, in den er sich dann tatsächlich auch verwandeln würde. Er würde albern daherreden, sich auf den Schoß seiner Großmutter setzen und versuchen, seinen Kopf zwischen ihre Brüste zu legen. Das wollte ich nicht mit ansehen müssen, ich wollte nicht den sicher zahlreichen Ritualen beiwohnen, die euch seit jenem traurigen Tag verbinden. Ich wollte ihre Angriffe nicht stumm ertragen müssen, derweil alles an ihr auf mich bedrohlich wirkt, und ganz besonders die Art, mit der sie ihren Enkel in diesem Zustand der Verwirrung festhält. Sie gab vor, seine Mutter ersetzen zu wollen und benahm sich dir gegenüber wie eine Vierzigjährige. Sie würde die tiefen Ausschnitte unter ihrem faltigen Hals herumschwenken, ihre Röcke fliegen lassen und zehn Mal pro Tag über ihre flammendrot gefärbte Haarpracht streichen. Ich war nicht bereit, mich zu fügen und sie wie eine Königin zu empfangen, mit anzusehen, wie all das verblasste, was wir über so lange Zeit hinweg aufgebaut haben: Ich spreche von der Vertrautheit, die ich zwischen dir und mir aufzubauen versucht habe, und von der ich den Eindruck hatte, dass sie sich beim kleinsten Anlass verflüchtigte. Wir hatten nur langsam an Boden gewonnen, erst nach einer geraumen Weile ließest du dich gehen, konntest dich öffnen, fühlte ich dich mir nahe, spürte deine Liebe, obschon nur flüchtig. Dann, auf einen Schlag, warst du nicht mehr derselbe, hast nichts mehr gehört, nichts mehr gesehen, hast dich entfernt, warst plötzlich unzugänglich, zogst dich auf deine Insel zurück, und man musste dich von Neuem erobern, wieder ganz von vorne anfangen, erneut alle nötigen Schritte machen. Ich hatte gehofft, dass diese zwei Ferienwochen eine weitere wichtige Etappe sein würden, weitere Fortschritte bringen würden, um gemeinsam noch unerforschte Gebiete zu entdecken. Wir brauchten einfach Zeit für uns.

Das Fenster des Zimmers der Mädchen wurde heftig zugeschlagen. Laute Stimmen, Geräusche eines Handgemenges und Vincent, der davonrannte. Er rannte um das Haus herum in Richtung Wald. Émilie rannte ihm nach, mit hochrotem Gesicht und zornblitzenden Augen. Sie konnte Vincent nicht einholen und kam heulend zurück. Sie wollte nichts sagen. Du hast deine Zeitung gelesen und dabei eine Zigarette geraucht. Auf einmal wandte sie sich an dich und sagte, mit einer Selbstsicherheit, die ich nicht an ihr kannte: »Tu doch etwas!« Danach verschwand sie im Halbdunkel des Hauses und warf sich voller Verzweiflung auf ihr Bett. Meine Fragen nützten nichts. Ich setzte mich zu ihr und versuchte, sie zu beruhigen. Ich hatte Angst vor dem, was sie vor mir verbarg, Angst vor dem, was soeben mit Vincent passiert war. Unbeholfen versuchte ich, Sätze zu sagen, die sie nicht erschrecken würden. Sie sagte nur, dass sie die Nase voll hätte von Vincent. Sie fügte hinzu, dass er sich manchmal wie ein Verrückter aufführte und wenn das so weiterginge, würde *sie* gehen. Kurz gesagt: Meine älteste Tochter lag in Tränen aufgelöst in meinem Armen und Vincent hatte Reißaus genommen, während du rauchend auf der Terrasse saßest, ohne auch nur einen Finger zu rühren. Dorothée stand unter der Tür und sah stumm mit an, wie ihre große Schwester schluchzte. Und in einem oder zwei Tagen würde deine Mutter eintreffen. Ich hatte plötzlich Lust, unsere Sachen zu packen, und dich und Vincent hier sitzen zu lassen. Dich, der sich nicht eingestehen wollte, dass ich nur deshalb hier war, weil ich dich liebte. Weil ich auf dich wartete. Was hatte ich hier zu suchen, sechshundert Kilometer von meinem Zuhause entfernt, wenn du mich nicht an dich heranließest? Warum vergeudete ich meine Zeit mit einem Mann, der sich weigerte, etwas anderes zu sehen als seinen Schmerz und der demnächst stecken bleiben würde in dem Treibsand, aus dem es keine Wiederkehr gibt? Ich kehrte auf die Terrasse zurück und sah dich von hinten, wie du dich über dein Glas beugtest. Dein Nacken war von der Sonne gerötet, und ich sagte nur: »Vincent geht es nicht gut, du solltest dich um ihn kümmern.« Du hast mir geantwortet, die Mädchen würden zu viel Lärm um nichts machen und Vincent müsse lernen, mit ihnen umzugehen. Damit hast du den Streit nicht geschlichtet, wurdest keinem unserer Kinder gerecht.

Wenig später kam auch Dorothée aus dem Haus und machte einen großen Bogen, um uns aus dem Weg zu gehen. Sie ignorierte uns und wandte sich an ihren Plüschhasen. Sie erzählte ihm, dass Vincent sehr böse sei, weil er Émilies Tagebuch geklaut hätte. Ich nahm Dorothée an der Hand, und wir machten uns auf die Suche nach Vincent und dem Tagebuch. Wir gingen zum Waldrand und ein Stück in den Wald hinein, doch da von Vincent weit und breit nichts zu sehen war – ich stellte mir vor, dass er irgendwo unter einer Tanne saß und das für ihn verbotene Buch las – kehrten wir schließlich wieder um. Wir gingen am Waldrand entlang in südlicher Richtung, schlugen ohne große Überzeugung den Weg zum Weiler ein. Vincent blieb unauffindbar, doch ich machte mir keine großen Sorgen. Schließlich kamen wir bei den ersten Häusern an, und da stand er, der Bienenzüchter, als hätte er auf uns gewartet. Ich hätte am liebsten kehrt gemacht, doch er kam uns in seinem gestreiften Polohemd entgegen, und Dorothée zog mich strahlend am Arm, um möglichst schnell bei ihm zu sein. Der Bienenzüchter lud uns zu einem Glas ins Haus seines Vaters ein. Ich wollte höflich ablehnen, doch Dorothée bestand darauf, die Einladung anzunehmen. So kam es, dass wir bald darauf auf einem alten Kunstledersofa saßen, in einem düsteren Raum, in dem überall Zeitungen und Holzscheite herumlagen. Ich hätte mich lieber nach draußen gesetzt, an den Gartentisch, ins Helle. Fliegenkadaver hingen über unseren Köpfen, festgeklebt an diesen widerlichen Fangstreifen. Dorothée, von der ich hoffte, dass sie nicht allzu redselig sein würde, bestand darauf, dass wir uns die Bienenstöcke anschauten, und ich fragte mich, was mich daran hinderte, einfach zu gehen. Der Bienenzüchter wollte sie etwas weiter weg zu einem Hügel führen, doch ich lehnte unbeholfen ab und versprach ihr, dass wir ein andermal wiederkommen würden. Der Bienenzüchter bedachte mich mit einem kühlen Blick. Ich machte eine entgegenkommende, vollkommen unangebrachte Bemerkung, und er schien sich über meine gute Kinderstube zu amüsieren. Er versprach, bald wieder bei uns vorbeizukommen, um das Problem mit dem Bienenschwarm zu lösen. Er erkundigte sich auch, welche Tageszeit uns am liebsten wäre. Ich antwortete, ich müsse erst meinen Mann, nämlich dich, fragen. Das war natürlich gelogen.

Bei unserer Rückkehr standest du am Rand des Pools und schienst völlig versunken in das, was du durch dein Fernglas sehen konntest. Du hast dich nicht von der Stelle gerührt, während du angestrengt in Richtung des Atlantiks blicktest. Émilie lag mit geschlossenen Augen auf einem Liegestuhl in der Sonne. Ich schob den Sonnenschirm zu ihr, doch das schien sie zu stören. Dorothée erzählte ihr sofort ganz stolz, dass wir bei dem Bienenzüchter Pfefferminzsirup getrunken hatten und fügte auch hinzu, dass ich das lieber verschweigen wollte. Du enthieltest dich jeden Kommentars. Um meine Verlegenheit zu überspielen, fragte ich dich: »Hast du das Fernglas geholt, um Vincent zu suchen?« Du hast geantwortet, dass du das Spiel *Die Tartarenwüste* spielst. Ich wusste, dass du von dem alten Film von Valerio Zurlini sprachst, der in einem entlegenen Fort spielt, wo Soldaten jahrelang auf einen möglichen Angriff warten. Beim endlosen Warten auf das Ereignis, das ihrem Leben einen Sinn geben würde, verpassen die Männer ihr eigentliches Leben. »Kannst du etwas sehen?« Ich nahm das Fernglas und suchte den Horizont ab, aber nicht über dem Atlantik. Ich betrachtete die Hügel, die Weingärten von oben bis ganz nach unten. Doch da mir die Sonne ins Gesicht schien, konnte ich nicht viel sehen. Nichts rührte sich in meinem Blickfeld, ich sah kein orangefarbenes T-Shirt. Ich drehte den Kopf zur anderen Seite, zum Waldrand, dann zum

Weg, der zum Weiler hinunterführt, und bemerkte auf einmal, dass ich unabsichtlich das Hausdach des Bienenzüchters im Visier hatte. Von weiter oben könnte man seinen Garten und die nach Norden gerichtete Fassade mit der Haustür sehen. Ich wanderte mit dem Fernglas weiter zu dem Abhang in Richtung Meer, dann wieder zurück nach Westen, zum Weiler. Vincent war nirgends zu sehen.

Wir saßen an dem Tisch in der Nähe des Feigenbaums, als er plötzlich oben am Weg auftauchte. Den Kopf gesenkt, wich er unseren Blicken aus und ging direkt ins Haus. Émilie sprang auf und lief ihm nach. Ich hörte, wie sie ihn zur Rede stellte und wie er sie zurückwies. Ich wollte schon aufstehen, als du auf einmal aufgesprungen bist. Du gingst zu den beiden und ich hörte deine Stimme laut werden, als Vincent in sein Zimmer flüchtete. Du verlangtest von ihm, sofort wieder herunterzukommen, hast ihn gezwungen, dir zu gehorchen. Ich blieb draußen sitzen, gegenüber von Dorothée, und keine von uns rührte sich, aus Angst vor dem, was sich gerade im Haus abspielte. Es wurde dunkel, bald müssten wir auf der Terrasse Licht machen. Ich hörte deine Stimme im Inneren des Hauses, ruhiger nunmehr, dann wieder wurde sie ungeduldiger, und irgendwann kam Émilie heraus, und ich hatte den Eindruck, als würde sie von einem Kampfplatz fliehen, als wollte sie der Konfrontation zwischen Vater und Sohn nicht länger beiwohnen. Plötzlich ein Schrei im Inneren, dann Vincents Stimme, nur noch sie, erschreckend, die Worte ausstieß, deren Ungereimtheit uns Angst machte. Für uns klangen sie wie die Klagerufe eines Tiers aus den Tiefen des Waldes. Es war etwas Heiseres, Tragisches, das zu uns herüberdrang, die Stimme eines Mannes oder eines Kindes, das hätten wir nicht zu sagen vermocht, so viel Schmerz lag in diesem Herz zerreißenden Appell. Dann fiel etwas zu Boden, wie leblos, gefolgt vom Scharren eines Stuhls. Ich stellte mir vor, wie Vincent zusammengekrümmt auf dem Boden lag, wie er dich anflehte, ihm seine schwere Last von den Schultern zu nehmen. Vincent mit den Fingern im Mund, der den Kopf gegen die kühlen Bodenplatten schlug. Und du anfangs über ihm, dann neben ihn gekauert, streichst ihm über die Stirn. Ich sah dich neben Vincent knien, erschüttert über deine offensichtliche Ohnmacht, du, sein Vater, hilfloser als ein Kind, versuchst ihn zu trösten, und Vincent windet sich unter dem Tisch, überwältigt vom erlittenen Kummer. Du hast dich wieder aufgerichtet, zitternd, ich hörte nichts mehr, stellte mir vor, wie ihr unbeweglich nebeneinander verharrt, euch vielleicht festhaltet, oder aber dass du deinen Sohn erwürgt hast, um ihn nicht mehr leiden sehen zu müssen. Dann sah ich einen Schatten hinter dem Fenster vorbeigehen, ohne Hast, fast ruhig. Dorothée und Émilie drückten sich ganz eng an mich und betrachteten die Fassade des Hauses, als wäre es eine Opferstätte. Möbelstücke wurden verschoben, ein Gegenstand fiel auf den Boden, dann fing das Schreien wieder an, und unsere Mägen zogen sich schmerzhaft zusammen. Diesmal konnten wir das Wort verstehen, das Vincent mit bebender Stimme ausstieß, wir erkannten Vincents Stimme wieder, die einfach nur »Papa!« rief, aus den Tiefen seiner Kindertage.

Am nächsten Morgen hast du als erstes eine Zigarette angezündet, sogar noch ehe du die Fensterläden geöffnet hast. Draußen regnete es. Die Kinder hatten sich noch nicht gerührt, weder die Mädchen im Zimmer nebenan noch Vincent über uns, auf dessen Atem wir lauschten, ohne zu sprechen. Du hast geraucht, und der Gestank des Tabaks hat mir sofort die Laune verdorben. Wir hätten noch länger im Bett bleiben können, uns vielleicht sogar lieben können. Aber du musstest dich ja unbedingt bewegen, im Zimmer ab und ab schreiten, wobei deine Leinenschuhe leise quietschten. Dann bist du mit deinem Fernglas hinausgegangen. Wieder einmal fragte ich mich, warum ich überhaupt hier war, an deiner Seite, wo ich doch immer mehr davon überzeugt war, dass ich auf etwas wartete, das nie eintreten würde. Ich hörte das Plätschern des Regens und wollte noch einmal einschlafen, als mich plötzlich alte Erinnerungen überfielen. Wieder einmal lief der ganze Film vor meinem geistigen Auge ab, und ich konnte ihn nicht abstellen. Mein Mann, der vom Markt zurückkommt, hat Blumen für mich mitgebracht, er legt seinen Kopf an meinen runden Bauch, dann seine Hände, und wartet, dass Dorothée sich darin bewegt. Mein Mann, der Émilie zur Schule bringt, damit ich mit dem Baby zu Hause bleiben und mich ausruhen kann. Mein Mann und Émilie, die Hand und Hand durch die Straße gehen, während ich oben am Fenster stehe und ihnen nachblicke. Ich erinnere mich noch genau daran, was mir in diesem Moment durch den Kopf ging, als ich Émilies kleinen Rucksack betrachtete. Ich sagte mir, dass nichts mich je so glücklich gemacht hatte wie dieses eigentlich unbedeutende Bild – mein Mann und ich, vereint durch die Liebe, die wir für unsere Kinder empfanden. Mehr konnte ich mir gar nicht wünschen. Dieselbe Liebe, dieselben Kinder – nichts, was uns trennte. Wenn er Émilie an sich drückte, war es, als würde er mich an sich drücken, wenn er sich darauf freute, sie zu sehen, war es zugleich auch eine Liebeserklärung an mich. Doch irgendwann war es vorbei mit dieser Unbekümmertheit, er säte Angst und Unruhe in mein Herz. Ich wälzte mich auf dem Klappbett hin und her, zog die Decke höher. Er kehrte uns den Rücken zu, angezogen von ich weiß nicht welch verführerischem Stern, welch verheißungsvollerem Land. Und heute, nach einer qualvollen Wüstendurchquerung, nach Jahren der Zerstörung, habe ich einige der Scherben wieder zusammengekittet, die ich bei dem Schiffbruch gerettet hatte, einige Risse wieder geflickt. Ich habe wieder ein Gesicht, das zu zeigen ich mich nicht schäme, trage wieder einen Namen. Als ich dich traf, spürte ich, dass ich noch am Leben und in der Lage war, Gefühle für einen Mann zu empfinden, dessen Augen mich anzogen und dessen Stimme mich wärmte. Ich war in der Lage, mich an dir zu messen, dir ins Gesicht zu schauen, dich herauszufordern, weil ich mich in dich verliebt hatte. Ich besaß diese Kraft, hatte ein neues Bild meiner selbst erfunden, ich existierte endlich wieder, weil du mir das Echo meiner Stimme zurückwarfst. Aber ich wusste auch, dass nichts wie früher sein würde. Das ahnte ich schon in den ersten Tagen, und inzwischen hatte ich die Gewissheit, dass dem so war. Meine Kinder waren allein meine Kinder, und ich konnte die Liebe zu ihnen nicht mehr teilen. Ich würde auch fortan mit meinen Töchtern allein dastehen. Es gab uns drei auf der einen Seite und dich und Vincent auf der anderen, getrennt durch eine unsichtbare Mauer. Keine Liebe würde diese Mauer überwinden, die Mauer der Vergangenheit, die wie eine Bedrohung zwischen uns stand. Und wir taten nichts anderes, als immer wieder gegen diese Mauer zu rennen, und manchmal öffnete sich eine Bresche, die uns für kurze Zeit Vergessen schenkte. Manchmal gingen wir gemeinsam auf dieser Mauer entlang, auf dem Weg in ein neues Leben, und manchmal fielen wir herunter, jeder auf seine Seite, und hatten Schmerzen nach diesem Sturz, gebrochene Knochen. Und als ich nun allein in diesem unbequemen Klappbett lag, litt ich, weil wir erneut abgestürzt waren. Doch ich sagte mir, dass es noch nicht zu spät war, ich hielt mich für fähig, alles zu verändern, auch dich, und deinen Schmerz zu lindern. Ich wollte deine Heldin sein, die Frau, die dich den Armen der Melancholie entreißt. Die Unentbehrliche. Dabei musste ich mit ihr konkurrieren, mit deiner verstorbenen Frau, deren Last im Laufe der Zeit immer schwerer zwischen uns hing. Die Last ihrer Schönheit, ihrer Vollkommenheit, ihrer Ausstrahlung – was immer ich mir auch vorstellte. Doch ich täuschte mich, ich musste mich täuschen. Vermutlich war sie gar nicht vollkommen gewesen. Sie war lediglich tot. Ich würde es niemals mit ihr aufnehmen können.

Vincent kam vom Mezzanin herab, und summte leise vor sich hin, so, als hätte es die Szene vom Vortag nie gegeben. Du kehrtest im selben Moment ins Haus zurück, nachdem du dir übertrieben sorgfältig die Schuhe abgewischt hattest. Du bist zu mir gekommen und hast meine Haare hochgehoben, um mich auf den Hals zu küssen. Du hast gemerkt, dass ich deinem Blick auswich, und wie immer in einem solchen Fall hast du deinen Kuss etwas ungeschickt wiederholt. Danach hast du die Fensterläden aufgemacht und Kaffee gekocht. Du hast verkündet, dass es regnet, und da du danach nichts mehr zu sagen hattest, hantiertest du schweigend in der Küche herum. Du hast mir beim Zusammenklappen unseres Betts geholfen, danach haben wir gemeinsam den Frühstückstisch gedeckt. Nach einer Weile sagtest du, dass man bei diesem Wetter mit dem Fernglas nichts sehen könnte, dass wir etwas weiter fahren müssten, um das Meer zu sehen. Im Zimmer der Mädchen rührte sich noch immer nichts, und diese Stille machte mich unruhig. Vorsichtig schob ich ihre Tür einen Spalt breit auf. Sie schliefen eng aneinandergeschmiegt im selben Bett, was mich irgendwie störte. Ich machte die Tür schnell wieder zu, damit du es nicht sehen würdest. Weder du noch Vincent, der sich gewiss nur darüber lustig gemacht hätte. Nachdem ihr Vater uns verlassen hatte, schliefen sie wochenlang im selben Bett. Das wusste niemand. Sie versuchten sogar, in mein Bett zu schlüpfen. Hatte Vincent nach dem Tod seiner Mutter auch in deinem Bett geschlafen? Konntet ihr euch noch berühren, anschauen, euch ertragen? Vielleicht würdest du eines Tages darüber reden, irgendwann, wenn du genügend Vertrauen zu mir haben würdest. Du wirst mir sagen, warum du Vincent als Last empfunden hast, warum es dir am liebsten gewesen wäre, er wäre auch verschwunden. Ich fände es schön, wenn du mir eines Tages diesen Abgrund beschreiben würdest, der dich wie magisch anzog, statt nur nüchtern die Fakten zu schildern. Statt dich wie ein Mann zu benehmen, so wie er in den Augen der anderen zu sein hat, nämlich angeblich hart wie Stein.

Du hast den Vorschlag gemacht, mit dem Auto ans Meer zu fahren, irgendwo Fritten zu essen und Postkarten zu schreiben. Du wolltest zum Hafen und hast wie beiläufig hinzugefügt, dass deine Mutter nicht kommen würde. Vincent schien nicht überrascht, ich schloss daraus, dass er es bereits wusste. Du hast mich gebeten, die Mädchen zu wecken. Unruhig gingst du auf und ab, und ich spürte, dass du kurz davor standest, dir die nächste Zigarette anzuzünden. Dorothée und Émilie kamen jedoch von selbst aus ihrem Zimmer, und noch ehe sie ins Wohnzimmer traten, spürte ich, dass du sie mit vorwurfsvoller Miene empfangen würdest. Du zogst es jedoch vor, dich im Badezimmer einzuschließen, in unmittelbarer Nachbarschaft des Bienenschwarms. Wenig später hast du Vincent gerufen, um ihm zu zeigen, wie fleißig die Bienen ihre jeweilige Tätigkeit verrichteten, was immer auch geschah, mit einem einzigen Ziel: die Königin zu beschützen, damit das Leben weiterging. Doch mittlerweile fand Vincent die Bienen uniteressant. Er kehrte dir den Rücken zu, um sich ganz der Langeweile hinzugeben.

Wir konnten nicht auf der üblichen Strecke ans Meer fahren. Wegen einer gesperrten Straße mussten wir einen Umweg machen, und du bist nervös geworden. Du wolltest nach dem Weg fragen, doch als du die Scheibe heruntergekurbelt hast, spritzte dir ein entgegenkommender Lkw einen Schwall Wasser ins Gesicht. Wir fuhren endlos lange über eine schmale Straße, die sich an Weinbergen entlangwand und nirgends hin zu führen schien. Schließlich fuhren wir hinter einer langen Schlange, und die Fahrt an der Küste entlang entpuppte sich als Reinfall. Ich schlug mehrmals vor, wieder umzukehren, doch du bliebst stur und wolltest unbedingt in Erfahrung bringen, was los war. Es hatte nicht aufgehört zu regnen, und das Hin und Her der Scheibenwischer ging uns auf die Nerven. Du dachtest, es sei etwas Schlimmes passiert und wolltest das Radio anschalten. Auf einmal hast du es bereut, dass wir so isoliert auf dem Hügel wohnten. Ich erinnerte dich daran, dass *du* unseren Urlaubsort ausgesucht hattest. Ursprünglich wolltest du etwas näher am Meer wohnen, doch dort war bereits alles ausgebucht. Als du es irgendwann nicht mehr aushieltest, hast das Radio angemacht, und unsere Rückkehr in die Zivilisation war gnadenlos und zum Verzweifeln. Wir erfuhren, dass ein havarierter Öltanker seine ganze Ladung im Atlantik verlor, keine drei Kilometer vor der Küste. In den kommenden Wochen würden siebzigtausend Tonnen

Öl diesen Teil des Planeten verseuchen. Du warst wie vom Donner gerührt. Dann sagtest du, du hättest es gewusst, es geahnt, du würdest Katastrophen immer vorhersehen. Diese Gelegenheit kam dir wie gerufen, um im Wagen zu rauchen, bei offenem Fenster natürlich; was bedeutet so eine kleine Zigarette schon im Vergleich zu den siebzigtausend Tonnen Rohöl? Betreten hast du zu mir herübergeschaut. Es war dir peinlich, dass du deinen Vorsatz nicht einhalten konntest, und du wolltest in meinen Augen lesen, dass ich dir die Absolution erteilte. Eine Zigarette, das spielt doch keine Rolle, nicht wahr, was zählt das schon? Du wirktest so hilflos und unschuldig, und ich hätte dich gern an mich gedrückt.

Dorothée übte fleißig weiter in ihrem Aufgabenheft und verband die Buchstaben zu Wörtern, kombinierte die Wörter mit Farben, die Formen mit Buchstaben und so weiter. Sie saß am Küchentisch und versuchte, sich zu konzentrieren. Ich half ihr, indem ich ihr die Anweisungen vorlas und sie manchmal verbesserte. Vincent hörte oben Musik, und Émilie nahm in der Nähe des Pools ein Sonnenbad. Du kamst für ein Weilchen zu mir, gingst dann wieder auf die Terrasse, kamst wieder, um mich erneut zu berühren. Danach gingst du wieder, und ich dachte mir, dass du ein paar Bahnen schwimmen wolltest, doch dann bist du wieder aufgetaucht. Ich fühlte mich unwillkürlich an ein Insekt erinnert, das seine Beute belauert. Deine Hand glitt meinen Rücken hinunter, du hast dich zu mir gesetzt, meinen Schenkel gestreichelt, und deine Finger wanderten unter meinen Rock. Doch weiter konnte ich dich nicht gehen lassen, Dorothée war da, sie brauchte mich, und die Großen belegten jeden freien Platz. Wir waren eine Familie, vom Morgen bis zum Abend und auch noch in der Nacht, wir beide mussten das Leben von drei Kindern organisieren. Und die Kinder kamen und gingen, waren zwischen uns, atmeten dieselbe Luft wie wir. Die Kinder existierten, standen auf, gingen schlafen, duschten, stellten Fragen. Die Kinder fragten wegen diesem oder jenem um Erlaubnis, liefen im Haus herum, brachten ihre schmutzige Wäsche an, fielen uns ins Wort, belagerten die Rückbank des Wagens. Die Kinder hatten Augen und Ohren, und für die körperliche Liebe blieben uns nur die Nächte. Doch die Nächte haben dich in diesen Ferien von Anfang an kaum beflügelt. Und nun kamst du endlich an, ohne ersichtlichen Grund, endlich schautest du mich an, berührtest mich, und ich wünschte mir sehnlichst, Dorothée würde ihr Heft zuschlagen und zu ihrer Schwester gehen und Vincent vielleicht eine Runde schwimmen. Warum verschonten uns die Kinder nicht endlich einmal vor ihrer ständigen Anwesenheit, vergaßen uns und brauchten uns für eine Weile nicht mehr? Auf einmal bist du aufgestanden und ins Badezimmer gegangen, und ich bin dir gefolgt. Wir schlossen die Tür ab. Vor mir der atemberaubende Anblick der Bienen, die an der Scheibe klebten. Ich spürte deinen Atem an meinem Ohr, und auf einmal gab es nichts anderes mehr auf der Welt. Nur die Bienen, deinen Atem, die emsigen Arbeiterinnen, die aufmerksamen Stockbienen, meinen sich überschlagenden Puls, deine Hand vor meinem Mund, damit ich kein Geräusch von mir gab, und unsere fast unkenntlichen Gesichter im Badezimmerspiegel, den Luftmangel, aber um Himmelswillen das Fenster zulassen! Hinterher klatschten wir uns etwas Wasser ins Gesicht und verließen das Badezimmer wieder. Sofort bekam ich Angst. Wir hatten Dorothée ohne Aufsicht zurückgelassen, vielleicht war sie in der Zwischenzeit schwimmen gegangen? Mein Brustkorb zog sich schmerzhaft zusammen. Aber nein, Dorothée saß noch brav über ihr Heft gebeugt und malte, und auch Vincent und Émilie hatten sich nicht von der Stelle gerührt. Wir taten so, als wäre nichts geschehen, hatten nur leichte Gewissensbisse, als wir wie Teenager fast auf Zehenspitzen wieder ins Zimmer schlichen. Du gingst in die Küche, um dir ein Bier zu holen, und unsere Wege trennten sich erneut. Wir waren etwas benommen, unfähig etwas zu sagen. Wir schwebten. Ich setzte mich wieder zu Dorothée, während du dich auf die Terrasse vor die unbewegte Landschaft setztest. Der Rest des Tages verlief ohne weitere Vorkommnisse. Irgendwann kamst du wieder herein, um dein Fernglas zu holen und hast dich damit an einen strategisch guten Platz gestellt, wo Leutnant Drogo aus der *Tatarenwüste* dann wartete. Du hast dir noch ein Bier geholt und gesagt, wie schön es wäre, wenn wir auf der Terrasse eine Hängematte hätten. Anschließend verschwandest du im Wald hinter dem Haus. Vincent legte sich neben Émilie, doch die Sache mit dem Tagebuch schwelte noch zwischen ihnen. Ich habe nie erfahren, ob er es zurückgegeben oder überhaupt gelesen hatte. Ich war mir nicht einmal sicher, ob es jemals existiert hatte.

Wir waren sehr früh aufgestanden und wollten einen neuen Versuch starten, über eine andere Strecke ans Meer zu gelangen. Das lag dir am Herzen, war eine richtige Obsession geworden. Nach einer halben Stunde waren wir dort. Das Wochenende des fünfzehnten Augusts, der Höhepunkt des Sommers, war vorbei, und etliche Touristen waren abgereist. Wir konnten nicht in Hafennähe parken, weil die Zufahrt verboten war. Wir stellten den Wagen so nah wie möglich am Meer ab und gingen dann am Strand entlang. Trotz des Winds, der vom offenen Meer kam und viel Sand aufwirbelte, blickten wir angestrengt an den Horizont, in die Richtung des Öltankers. Es waren viele Menschen da, aber niemand in Badekleidung, man sah keine

Strandtücher und auch keine Surfer, die es mit den Wellen aufnehmen wollten. Der Badebereich selbst war weiterhin abgesteckt, doch man sah weder die rote noch die grüne Fahne. Am Ufer herrschte Nachsaisonstimmung, und man hatte fast das Gefühl, als seien die Strandsachen bereits in den Kabinen verstaut worden. Zwei Bademeister mit der obligatorischen Ray-Ban-Sonnenbrille und weißem T-Shirt schlenderten am Strand entlang und waren sich dessen bewusst, wie überflüssig sie waren. Dutzende von Menschen standen da und starrten aufs offene Meer hinaus. Es bildeten sich kleine Grüppchen, und die Männer mit ihren Schirmmützen gestikulierten, bekreuzigten sich hin und wieder hastig und nahmen dann ihre erregte Unterhaltung wieder auf. Du hast dich zu einem der Männer gesellt, wurdest jedoch unfreundlich aufgenommen, du als Gaffer, der von den Gesetzen des Ozeans keine Ahnung hat. Der Mann wandte sich zu den Fluten und riss seine Jacke auf, als wolle er seine Brust einem Kanonenfeuer entgegenrecken. Dann schaute er an den Himmel, und sein Gesicht verzerrte sich zu einer Grimasse. Er glich allen Küstenbewohnern in diesem Moment. Als schwankende Silhouette, dem Westwind ausgesetzt, erwartete er die schwarze Flut. Er konnte es nicht glauben. Er weigerte sich, es zu glauben. Wenn nötig, würde er tagelang wie angewurzelt hier stehen. Hier auf dem Sand würde er seine

Ohnmacht und seine Wut ausleben. Er würde den Horizont nicht aus den Augen lassen.
Unbemerkt zogen wir uns zurück. Wir hätten die Entrüstung der Einheimischen gern mit ihnen geteilt, doch wir fühlten uns unerwünscht, als wenn die schwarze Flut nur ihnen gehörte. Sie hatten sich der Ölpest bemächtigt, wie eine Familie Anspruch auf einen Verstorbenen erhebt. Wir waren nicht wie sie, wir konnten es nicht verstehen. Wir waren nichts als zerstreute, lästige Touristen. Deshalb verließen wir ihren Strand, traurig und enttäuscht, und suchten ein kleines Lokal, um eine Kleinigkeit zu essen.
Das Bistro war düster und überfüllt. Wir fanden einen freien Tisch im hinteren Teil und mussten lange warten, bis wir endlich bedient wurden. An der Bar wurde geraucht, Gläser wurden mit einer erstaunlichen Geschwindigkeit geleert und nachgefüllt. Der Geräuschpegel war fast nicht zum Aushalten. Alle redeten gleichzeitig, und die Stimmen der Männer bebten, überlagerten sich, grollten wie eine gewaltige Welle, ohne dass wir jedoch auch nur einmal einen ganzen Satz verstanden hätten. Hin und wieder schnappten wir einzelne Wörter auf, die sich aus der Brandung lösten, häufig gefolgt von einem kurzen, betretenen Schweigen. Worum es ging, wussten wir natürlich. Die schwarze Flut kreiste in allen Köpfen, an allen Theken. Die Menschen schürten in sich den Gedanken an die schwar-

ze Flut, die bald bei ihnen ankommen würde, in zehn Tagen, acht Tagen, wann genau, wusste niemand. Gemeinsam durchlebten sie die Zeit des Wartens, in der sie gezwungen waren, an Land zu bleiben, an der Ausübung ihrer üblichen Tätigkeiten gehindert. Keine Bootsfahrten mehr, kein Fischen, keine Pläne. Ihr Leben war ins Stocken geraten, und die folgenden Tage würden sie unweigerlich näher an den Punkt bringen, von dem es kein Zurück gab. Sie konnten nichts tun, sich nicht schützen, nichts retten. Es gab auch nichts zu hoffen. Dass zum Beispiel ein plötzlicher Wetterumschwung den Ölteppich in eine andere Richtung treiben würde oder dass man ihn mit einer revolutionär neuen Pumptechnik auf einmal aufsaugen könnte. Sie hatten diese Frage eingehend erörtert und kannten die fatale Antwort. Ihnen war klar, dass sie der Katastrophe nicht entkommen konnten, und deshalb bereiteten sie sich auf die Konfrontation vor, indem sie sich ständig einhellig die ganze Bandbreite der Konsequenzen vor Augen führten, mit denen sie auf lange Zeit fertig werden müssten. Sie waren verzweifelt, doch ihre Verzweiflung war von einem ungewohnten Gefühl gefärbt, das sie am Leben erhielt: Was sie gerade erlebten, war derart ungewöhnlich, dass schon dies sie aufrecht hielt. Sie existierten mehr denn je, waren unschuldige Opfer, die auf dem Alter des Profits geopfert wurden. Sie tranken, während sie darauf warteten, dass die angekündigte Tragödie eintraf, und stießen, von einer vergeblichen Revolte beseelt, auf das unabwendbare Schicksal an.

Wir ließen den Abend untätig vergehen. Wir waren mutlos, ohne Pläne für den morgigen Tag. Wir wollten vor allem nicht mehr denken. Weder an die Gegenwart noch an die Zukunft. Eine gewaltige Müdigkeit hatte uns befallen, umhüllte uns wie die Nacht, die inzwischen spürbar früher hereinbrach. Wir hatten Reis aufgesetzt. Die Kinder deckten den Tisch im Freien, obwohl es schon dämmerte. Wir aßen Brot und Käse, und die Krümel blieben bis zum nächsten Morgen auf dem Tisch liegen. Danach schickten wir die Kinder ins Bett, ohne uns von Vincents bissigen Kommentaren abschrecken zu lassen. Wir beide blieben noch lange draußen sitzen, um den warmen Abend zu genießen und den Mond zu betrachten, der sich im Pool spiegelte. Unsere Blicke wanderten immer wieder in Richtung des Meers, suchten nach den Lichtern, die einen Abschnitt der Küste kennzeichneten. Schweigend dachten wir über den vergangenen Tag nach. Wir dachten an die Fischer, das Öl, die unfassbare Schiffskatastrophe. Zum Reden fehlte uns die Kraft. Wir spürten die Last unserer Erschöpfung, als wenn diese ausgerechnet auf diesen Moment gewartet hätte, um uns zu lähmen. Wir lagen auf den Liegestühlen, starrten vor uns hin und ließen die Arme herunterhängen, unsere Finger berührten den Boden. So viele Monate der Enttäuschung und des Kämpfens, Tage des Verzichts, erbitterter, nutzloser Streitereien. Gespräche, Briefe, Botschaften, listenreiche, verzweifelte Versuche, unser Leben zu retten. Bevor wir uns trafen, hatte jeder von uns versucht, die Grundlagen für sein eigenes Überleben auszuarbeiten. Du hattest dich mit deinem Sohn der unmöglichen Lernaufgabe der Trauer stellen müssen. Du hattest versucht, die gegebenen Versprechen, von denen ich nichts wusste, in die Tat umzusetzen. Du hattest dich an die Trugbilder des zu Ende gegangenen Lebens geklammert und warst unversehens auf immer steilere Abhänge geraten, von denen es kein Zurück gab. Du hattest die Augen zugemacht und wolltest allem ein Ende setzen, doch Vincent holte dich aus der Sackgasse der Entsagung heraus. Du konntest dich der Welt nicht entziehen, weil du einen Sohn hast und versprochen hattest, ihm dabei zu helfen, ein Mann zu werden. Ich vermute zumindest, dass du das versprochen hattest und sahst dich auf einmal mit diesem Versprechen konfrontiert, das unmöglich zu erfüllen war. Vincent verlor jeden Halt. Er ging nicht mehr aus dem Haus, wollte seine Freunde nicht mehr sehen, ging nur noch unregelmäßig zur Schule, zog sich nicht mehr allein an. Er duschte nicht mehr, schlief nicht mehr in seinem Bett, sondern irgendwo, auf dem Boden, auf der Wohnzimmercouch. Vincent war nicht mehr er selbst. Er war ein Fremder geworden. Du bekamst Angst vor Vincent, vor seinem Blick. Als er dann das Sprechen einstellte, hattest du Angst, ihn ganz zu verlieren. Als du deinen Sohn anschautest, konntest du plötzlich weinen. Zum ersten Mal seit Monaten konntest du deinen Kummer in Tränen ausdrücken. Wenn du Vincent anblicktest, hast du am ganzen Leib gezittert. Du hattest Vincent aus dem Bauch seiner Mutter kommen sehen, hast die Nabelschnur durchgeschnitten, Mutter und Kind getrennt, wie es im Kreißsaal von dir verlangt wurde. Als du Vincent anschautest, hast du dich an den ersten Gedanken erinnert, der dir nach seiner Geburt durch den Kopf schoss. Für den Bruchteil einer Sekunde spürtest du den unsäglichen Schmerz, den dieses Kind beim Tod seiner Eltern erleben würde. Vincent war kaum geboren und du warst im Grunde überglücklich, als dieses Gefühl dich befiel, das du natürlich sofort unterdrückt, verdrängt hast. Du hast dir Vorwürfe gemacht, dass du diesen Schatten überhaupt aufkommen ließest. Du hast niemandem davon erzählt, vor allem nicht deiner Frau. Mir hingegen hast du es erzählt, ich weiß nicht warum, vielleicht weil wir einander nichts beweisen mussten. Wir hatten nichts zu verlieren. Du hast Vincent beobachtet, der nicht mehr sprach, wie ein Tier auf allen vieren kroch, und plötzlich konntest du aufschreien. Du hieltest deinen Kopf zwischen den Händen, und es war dir egal, ob dich jemand hörte. Endlich wagtest du es, um Hilfe zu bitten. Du ließest es zu, dass man dich als das sah, was du warst: ein vom Schmerz zerfressener Mensch, der nicht über den Tod seiner Frau hinwegkam. Viele Monate lang hast du allen etwas vorgespielt, genau wie Vincent. Du bist weiterhin täglich zur Arbeit gefahren, ans andere Ende der Stadt. Du bist weiterhin Auto gefahren. Nach außen hin hatte sich nichts verändert. Dabei wusstest du genau, was anders geworden war. Du hast zum Beispiel kein Radio mehr angestellt, weder im Auto noch zu Hause. Du fühltest dich durch den Lärm belästigt, den Lärm der Welt und der anderen, durch ihre Stimmen, ihre Scherze, ihre Gefühlsausbrüche. Das war das auffälligste Kennzeichen: Weder das Radio noch den Fernseher einzuschalten. Was auf dem Planeten vor sich ging, interessierte dich nicht mehr. Über Monate hinweg hattest du die Erde verlassen, alles war auf ein Minimum beschränkt. Es ging dir nur noch darum, dir deinen Arbeitsplatz zu erhalten, imstande sein einzukaufen und das Abendessen zu kochen. Nach der Schule kümmerten sich Nachbarn um Vincent, bis du nach Hause kamst. Wenn du unten in eurer Straße ankamst, konnte es vorkommen, dass du umdrehtest und noch in irgendein Bistro gegangen bist, um etwas zu trinken, so unerträglich war für dich die Begegnung mit Vincent. Auf diese Weise hast du manchmal noch ein paar Minuten Zeit herausgeschunden, doch dann musstest du dem Abend mit deinem Sohn ins Gesicht sehen, unabwendbar. Zu Hause gingst du dann sofort in die Küche. Du stelltest zwei Teller auf den Tisch, und die gemeinsame Mahlzeit, bei der ihr euch gegenüber saßet, dauerte nie länger als eine Viertelstunde. Meist hast du aber im Stehen gegessen, bist geschäftig zwischen Herd und Tisch hin und her geeilt. Du hast es nicht ausgehalten an deinem Platz. Du hast auch kaum etwas gegessen. Du hast dich geschämt, Vincent jeden Abend mehr oder weniger dasselbe vorzusetzen. Danach hast du den Tisch in aller Eile wieder abgeräumt und das Geschirr von Hand gespült. Du musstest dich ständig bewegen, den Rücken, die Arme, die Hände. Du hast die zwei Teller abgespült, eine Arbeit von wenigen Sekunden, danach hast du den Tisch abgewischt, warst todmüde. Du fragtest Vincent, ob er seine Schulaufgaben gemacht hätte, doch diese Frage machte ihn stets wütend. Er log dich an, und du tatest so, als wüsstest du nicht, dass er dich zum Narren hielt. Du hattest nicht die Kraft, ihn die Multiplikationstabelle abzufragen oder zu kontrollieren, ob seine Verbformen richtig waren. Du wusstest nicht, worüber du mit ihm reden solltest, Vincent spürte das und verzog sich möglichst schnell in sein Zimmer, um dein Unbehagen nicht unnötig in die Länge zu ziehen. Bisweilen kam es vor, dass du einen Vorstoß machtest. Du hattest dich entschlossen, mit ihm zu reden, über seine Mutter und über ihre Krankheit und über das, was ungesagt geblieben war. Sorgfältig hast du dir deine Sätze zurechtgelegt, aber wenn du sie dann aussprachst, war es nicht das, was du eigentlich hättest sagen wollen, und Vincent wurde kreideweiß, schaute dich empört an und ließ dich nicht ausreden. Er drehte sich abrupt um, stürmte hinaus, als wollte er einer Falle entfliehen, und warf wütend die Tür hinter sich zu. Zusammengekauert saßest du dann da, während Vincent hinter der Tür seine Revolte auslebte, mit Händen und Füßen um sich trat und den Kopf an die Wand schlug. Niemand konnte sich das vorstellen. Nur ihr beide kanntet das Drama, das ihr Tag für Tag durchlebtet. Es gehörte zu eurem Alltag. Doch am Abend musstet ihr auch noch ins Bett gehen, und du wagtest es nicht, Vincent zu sagen, er solle sich den Pyjama anziehen und sich die Zähne putzen, weil du sonst wieder eine Lawine losgetreten hättest. Du nahmst dir vor, noch fünf Minuten zu warten, dann noch einmal fünf, aber irgendwann ging es nicht mehr anders und du musstest dich dazu überwunden, ihn ins Bett zu schicken, und jedes Mal reagierte er anders darauf. Vincents Zubettgehen war immer das letzte Ziel des Tages, das Einzige, dem du dich entgegensehntest. Du hast ihm eine Gute Nacht gewünscht, ihn umarmt, ohne ihn zu berühren, und eure beiden Körper, die einander so fremd geworden waren, konnten sich weder richtig anfassen noch leicht berühren. Manchmal hast du versucht, ihm die Haare zu zerzausen, diese Geste jedoch immer sofort bereut. Mit angstgefüllter Brust hast du darauf gewartet, dass Vincent endlich einschlief, lauschtest hinter der nur angelehnten Tür auf seinen Atem. Es dauerte immer recht lange. Erst wenn du dir sicher warst, dass er eingeschlafen war, konnte sich dein Magen etwas entspannen. Statt ins Schlafzimmer zu gehen, um deinen Tag abzukürzen, setztest du dich mit deinen Zigaretten ins Wohnzimmer, hast zum ersten oder wiederholten Male die Post gelesen, die in den letzten Tagen angekommen war und in der es um sie ging. Die Stunden vergingen, doch du hast es nicht geschafft, ins Bett zu gehen. Dann endlich hast du deine allerletzte Zigarette des Tages geraucht und dich todmüde in dein Zimmer geschleppt. Du nahmst die Medikamente, die der Arzt dir verschrieben hatte, um besser schlafen zu können, und bist dann langsam in eine Art Bewusstlosigkeit gesunken, widerstandslos verschwunden, einfach zerflossen.

Ich lag auf meinem Liegestuhl, ein Buch in der Hand, das ich nicht wirklich las, mal hier eine Seite, mal da, ohne auf mehr zu achten als auf den Rhythmus, der durch die Aneinanderreihung der Wörter entstand. Eine Art Musik, die ich für mein Überleben brauchte. Die Abfolge von Wörtern, die in meinem Kopf widerhallten. Lesen ohne verstehen zu wollen, das habe ich schon immer geliebt, beim Überfliegen ganz neue Kombinationen aufschnappen, Satzfetzen, die sich festsetzen, sich umeinander schlingen, ohne hängen zu bleiben. Nichts Definitives, nur eine Abfolge von Wörtern, die einem Schwarm von Insekten ähneln, auf ihre mögliche Beute fixiert. Ewige Neuanfänge, Wörter, die kein Ende nehmen, solange es Seiten gibt. Ich klammerte mich an die Leier der zu einem endlosen Leitmotiv aufgereihten Silben, ließ mich in meinem eigenen Tempo von ihnen einlullen. Die Wörter wurden zu Symbolen, unverhofften Meilensteinen, Kieselsteinen auf des Däumlings Weg. Ich wagte mich in den Wald hinein, tauchte zwischen den Linien ein, bis mir irgendwann die Augen zufielen. Ich war für niemanden mehr da, war in meinem Buch verschwunden, von der Macht der Wörter entführt worden.

Doch die Kinder waren in der Nähe, berührten mich manchmal, flüsterten, lachten. Die Kinder schafften es immer, mich auf der Boden der Realität zurückzubringen. Ohne es zu wollen, brachten sie mich zum eigentlichen Thema zurück, erinnerten mich daran, dass ich auf sie aufzupassen hatte. Ich ließ die Augen noch ein Weilchen zu und kehrte nur allmählich aus meiner anderen Welt zurück. Anfangs nahm ich nur ihren Tonfall wahr, noch ehe ich ihre Worte entziffert hatte, spürte ihre Gegenwart, ohne zu wissen, wer es war – Dorothée, Vincent oder Émilie. Ich wusste, ob sie in der Nähe waren und etwas von mir wollten oder ob sie mit etwas beschäftigt waren. Noch ehe ich die Augen aufschlug, wusste ich schon, ob Vincent gerade litt oder ob es ihm etwas besser ging. Ob Dorothée nach einem Streit mit Émilie in einer Ecke schmollte oder ob die beiden gerade damit leben konnten, dass sie Schwestern waren. Bei meiner Rückkehr auf die Erde war das Licht erbarmungslos, erlaubte mir keinen Moment der Besinnung vor dem großen Sprung. Es war wie ein Blitz, der mir drohend unter die Lider fuhr. Ich musste wieder aktiv werden. Organisieren, verwalten, beobachten. Eingreifen. Ich musste wieder Mutter sein. Entscheidungen treffen. Verantwortung tragen. Dinge verhindern. Auf den Beinen sein, wachsam, einsatzbereit. Meine Beine waren noch schwer von der jäh unterbrochenen Trägheit. Dorothée hatte sich einen Splitter unter dem Nagel geholt. Émilie lag ohne Sonnenschutz in der prallen Sonne. Vincent hatte die Angelschnüre verheddert. Doch das alles berührte mich nicht wirklich, glaube ich. Schließlich erhob ich mich, um ein Glas Eistee zu trinken. Ich hielt mich zurück, ob es nun ums Trösten, um einen Rat oder um eine Rüge ging. Ich stand mit nackten Füßen auf den Küchenfliesen und trank meinen Tee. Ich wünschte mir, die Kinder würden mich einen Moment lang vergessen, ich wollte wenigstens in Ruhe an den Kühlschrank gehen können, ohne dass sie mich ansprachen. Ich hoffte, weder »Mama« noch »Linda« zu hören. Ich war für niemanden da. Mir drehte sich der Kopf. Du warst es, der das Schweigen brach, mein Liebling, ja, mein Liebling. Du warst es, als du im Wohnzimmer lagst und einen Arm ausstrecktest, um mich zu streicheln. Da sagte ich mir, dass ich bei dir bleiben würde. Ich blieb im Haus, bei dir. Ich ging zu dir, damit du mich in die Arme nehmen konntest. Ich wollte, dass du mich an dich drückst, ich ließ das Chaos Chaos sein, glaube sogar, dass ich es provozierte.

Am Abend ging ich vor dir schlafen. Wir blieben noch draußen, lagen unbeweglich auf unseren Liegestühlen, lange nachdem wir den Kindern eine Gute Nacht gewünscht hatten. Irgendwann stand ich auf, und du sagtest, du würdest bald nachkommen. Ich ging kurz ins Bad und anschließend geräuschlos in unser Klappbett. Dann begann das Warten. Ich wartete. Ich wartete darauf, dass du dich rührst. Ich lauschte. Ich wusste, dass du noch eine letzte Zigarette rauchen, noch einmal um den Pool herumgehen würdest. Ich hörte, wie sich deine Schritte entfernten und einige Minuten später wieder auf die Terrasse kamen. Ich lag derweil auf dem Rücken, die Arme im Nacken verschränkt. Ich trug ein kurzes, dünnes Nachthemd. Ich betrachtete die Lichtflecken an der Decke, die, von den Fensterläden gefiltert, von draußen hereinfielen. Ich versuchte mich abzulenken, während ich auf dich wartete. Doch die Minuten vergingen, und du kamst nicht. Ich hörte keine Schritte mehr, du hattest dich offenbar wieder an den Tisch unter dem Vordach gesetzt. Wahrscheinlich hast du noch eine Zigarette geraucht, die Allerletzte diesmal. Ich nahm es dir nicht übel, dass du den Himmel betrachtet hast. Ich konnte es dir zugestehen, dass du noch eine Weile draußen sein wolltest. Ich zwang mich, meine Ungeduld zu zügeln und an etwas anderes zu denken. Doch es war kurz vor ein Uhr nachts, und ich lag noch immer allein hier im Bett. Ich dachte an nichts anderes als daran, dass du offenbar gar keine Eile hattest, zu mir zu kommen. Und auf einmal bekam ich Magenschmerzen. Und du hast dich noch immer nicht gerührt, bist nicht aufgestanden, hast die Tür nicht geöffnet, nicht nach dem Schlüssel gesucht, um hinter dir abzuschließen. Du hast dich nicht neben mich gelegt, deine Hände nicht unter mein Nachthemd geschoben. Ich begriff nicht, was dich daran hinderte, endlich zu mir zu kommen. Ich hatte den Eindruck, dass du Zeit gewinnen wolltest, in der Hoffnung, ich wäre längst eingeschlafen, bis du kommst. Inzwischen hatte ich mich zur Seite gedreht und die Beine angezogen, lag zusammengekauert auf dem Schmerz, den deine Gleichgültigkeit mir zufügte. Ich hörte erneut genau hin, doch von der Terrasse kam noch immer kein Geräusch. Hast du dich etwa draußen schon für die Nacht eingerichtet? Du draußen, ich hier drinnen, getrennt durch eine Steinmauer. Ohne nachzudenken, stand ich irgendwann auf und stellte mich unter die Tür, mit zerzausten Haaren und müden Augen. Ich konnte mich nicht beherrschen und stellte dir Fragen. Du sagtest, dass du mich nicht verstehst, nicht wüsstest, was es da zu besprechen gäbe. Hätte man nicht einmal mehr das Recht, an einem Sommerabend in den Ferien noch ein Bierchen zu trinken? Es sei so schwül. Und außerdem wärst du nicht müde. Du hast nicht begriffen, wo da ein Problem sein sollte. Da ich darauf beharrte, dass es gar nicht darum ginge, fragtest du, worum denn dann. Ich kehrte ins Haus zurück und kämpfte gegen Tränen an. Ich rutschte ganz an den Rand der Matratze und hoffte, dass du nicht so taktlos sein und mich anfassen würdest, wenn du irgendwann auftauchtest.

Der Bienenzüchter war noch nicht ganz den Hügel heraufgekommen, als die Kinder ihm schon entgegenrannten. Dorothée wollte ihm die Hand geben. Er trug ein ungebügeltes T-Shirt und lächelte hinter seinem schwarzen Bart. Auf der Terrasse blieb er stehen, aber ich wagte es nicht, ihm einen Tee anzubieten, aus Angst, du könntest es mir übel nehmen. Du warst im Haus und hast das Abendessen zubereitet, während du Weißwein trankst.

Der Bienenzüchter wollte sich den Schwarm noch einmal anschauen. Ich forderte ihn auf, einzutreten. Und dann, ich weiß nicht genau, was dann passiert ist, ich kann nicht sagen, wie es dazu kam. Du warst in der schlecht beleuchteten Küche, und der Bienenzüchter ging auf dich zu. Das war dir offenbar zu viel. Du sagtest, er solle sofort wieder gehen, wolltest ihn hinauswerfen, als wäre er der Leibhaftige persönlich. Ich sah mich gezwungen, einzugreifen, wies dich darauf hin, dass der Bienenzüchter uns einen Gefallen erwies, doch daraufhin bist du völlig ausgerastet. Du hast angefangen zu brüllen, und dein Gesicht lief rot an. Dein Atem ging heftig, du warst plötzlich ein ganz anderer, hattest ein Gesicht, das mir fremd war. Du schienst völlig verstört, unfähig, etwas zu begreifen. Mit vor Zorn blitzenden Augen bist du drohend auf den Bienenzüchter zugegangen und hast unverständliches Zeug gebrüllt. Die Aggressivität, die du auf einmal an den Tag legtest, war mir richtig unheimlich. Du wolltest nur eines – den Bienenzüchter aus dem Haus werfen, ihm verbieten, sich jemals wieder in unser Leben zu drängen. Du hast gebrüllt, er solle sofort das Haus verlassen, auf der Stelle verschwinden und nie wieder einen Fuß über unsere Schwelle setzen. Die Kinder waren erschrocken zurückgewichen, völlig bestürzt darüber, dich in diesem Zustand zu erleben. Dorothée stellte sich irgendwann neben den Bienenzüchter, wie um ihn zu verteidigen. Sie griff wieder nach seiner Hand. Das hast du nicht ertragen, ihre Geste war für dich eine Art Verrat. Du hast sie von dem Mann weggestoßen und ihr dann eine Ohrfeige gegeben. Alle erstarrten. Damit bist du eindeutig zu weit gegangen. Das hast du noch in derselben Sekunde begriffen, denn du bist plötzlich verstummt, und dein Blick hat sich verändert. Du wandtest uns den Rücken zu und sankst auf einen Küchenstuhl, um zu demonstrieren, dass du aufgegeben hattest. Deine Schultern krümmten sich nach vorn. Das Essen im Topf begann anzubrennen. Mir war klar, dass du dir als Nächstes ein Glas Weißwein einschenken würdest. Der Bienenzüchter sagte kein Wort. Wortlos drehte er sich um und ging. Dorothée stand heulend auf der Terrasse. Vincent und Émilie verschwanden hinter dem Haus.

Am nächsten Morgen bist du in aller Frühe in dein Auto gestiegen und weggefahren. Auf einem Zettel fand ich die Nachricht, du wärst ins Dorf gefahren. Wir verbrachten den Tag damit, auf deine Rückkehr zu warten. Wir trauten uns nicht, darüber zu reden, die Kinder und ich. Wir taten so, als sei deine Abwesenheit normal. Doch jeder von uns lauschte insgeheim und hoffte, bald das Motorengeräusch deines Autos zu hören. Wir waren in großer Sorge, taten aber so, als wäre alles in bester Ordnung. Dorothée holte ihre Puppe aus ihrer Reisetasche, zum ersten Mal in diesen Ferien. Sie wurde nicht müde, sie zu kämmen und ging alle Möglichkeiten durch:

Zöpfe, Pferdeschwanz, Knoten … Sie zog sie auch x-mal um und fing irgendwann an, mit ihr zu reden. Sie zog sich unter den Sonnenschirm am Pool zurück. Was sie ihrer Puppe zu sagen hatte, ging mich nichts an. Sie musste sich aussprechen. Vincent und Émilie beschlossen, Dame zu spielen. Sie holten den Spielekoffer, obwohl sie sich jedes Mal dagegen gesträubt hatten, wenn du oder ich es vorgeschlagen hatten. Damit setzten sie sich auf die Terrasse und rührten sich nicht mehr von der Stelle, damit sie dich schon von Weitem sehen würden. Ich hingegen vertiefte mich in meinen Roman, obwohl ich natürlich kein Wort aufnehmen konnte. Während ich dreimal dieselbe Seite las, kaute mein Gehirn unaufhörlich die Szene vom Vorabend wieder. Wieder ein paar Zeilen, und schon sah ich den Bienenzüchter vor meinem geistigen Auge, ich las die Stelle noch einmal, und diesmal war es die Weißweinflasche, die mich beschäftigte. Schließlich rief ich alle zu einem kleinen Waldspaziergang zusammen. Ich hatte angefangen, mich vor deiner Rückkehr zu fürchten und wollte lieber nicht da sein. Ich wollte erst nach dir zurückkehren. Um mir zu beweisen, dass ich durchaus in der Lage war, einen Tag ohne dich zu verbringen. Vor allem aber, um mich für die Ohrfeige zu rächen. Wir nahmen einen Korb mit, falls wir unterwegs etwas zum Sammeln fänden. Doch es gab nichts. Nur ein paar Tannenzapfen, aber wir hatten ohnehin keine rechte

Lust. Wir hatten auch nicht den Mut, den Weg zu verlassen, um nach Champignons zu suchen. Eigentlich war ich davon überzeugt, dass es hier Steinpilze geben müsste. Davon hätte ich gern einen Korb voll geerntet. Das wäre bei deiner Rückkehr eine schöne Überraschung für dich gewesen. Wir hätten sie in der Pfanne gebraten und ein Gesprächsthema gehabt. Dann hätten wir einen schönen, friedlichen Abend verbracht. Champignons? Wie bereitet man sie zu? Omelett oder nicht? Wer mag Champignons? Wer hat Angst, sich zu vergiften? Daraufhin hätten wir alle schallend gelacht. Vincent hätte so getan, als hätte er Bauchschmerzen und sich auf dem Boden gewälzt. Die Mädchen hätten gelacht. Ich hätte zu gern einen so vergnüglichen Abend erlebt, an dem wir uns nur mit der Zubereitung der Pilze beschäftigt hätten. Nicht waschen, auf keinen Fall! Steinpilze muss man abbürsten. Wie schön es wäre, wenn unser Leben so unbeschwert und heiter wäre. Doch wir schlurften nur lustlos durch den Wald. Die Mädchen zerkratzten sich die Waden an dornigen Sträuchern. Sie jammerten. Dorothée ließ ihre Puppe nicht los. In der anderen Hand hielt sie ihren Plüschhasen. Deshalb konnte sie niemanden an der Hand halten. Sie hatte Mühe, bei unserem Tempo mitzuhalten und war oft zehn Meter hinter uns. Wir waren schon eine ziemliche Zeit unterwegs, als ich auf einmal merkte, dass der Wind in den Baumwipfeln stärker wurde und sonderbar flüsterte. Das Licht verblasste. Das Gehen wurde mühsamer, und wir versuchten auf einen Waldweg zu kommen, den ich weiter südlich geortet hatte. Oder zumindest da, wo ich den Süden vermutete. Die Himmelsrichtungen waren auch verblasst, und die Stunden vergingen. Die Kinder jammerten weiter, doch ich reagierte nicht mehr. Die dornigen Sträucher, die Mücken, Müdigkeit, Durst und bald auch Hunger. Wir hatten inzwischen eine andere Richtung eingeschlagen, gingen stur geradeaus, so wie man es angeblich machen muss. Sorgen machte ich mir nicht. Mir gefiel die Vorstellung, erst nach dir nach Hause zu kommen. Dann hättest *du* dir nämlich Sorgen gemacht, vielleicht sogar Angst um uns gehabt. Denn dann wäre dir eventuell bewusst geworden, wie viel dir an uns liegt. Ich ging also immer geradeaus, aber irgendetwas stimmte nicht. Eine gewisse Spannung lag über dem Wald. Die Luft war schwer, Insekten umkreisten uns wie kurz vor einem Gewitter. Ich hatte das Gefühl, als würden wir verfolgt. Ich hörte immer wieder ein Knacken, auf beiden Seiten des Wegs. Einmal glaubte ich sogar eine Silhouette zu sehen, die umgehend hinter einem Baum verschwand. Da bekam ich Angst. Ich dachte an das leere Haus, das wir zurückgelassen hatten. Was, wenn während unserer Abwesenheit jemand gekommen war und uns nun suchte? Unwillkürlich beschleunigte ich meine Schritte. Doch Dorothée konnte nicht mithalten. Deshalb bat ich Vincent, sie zu tragen. Und Vincent begriff, dass ich kurz vor einem Zusammenbruch stand. Er nahm sie Huckepack und ging schweigend neben mir her.

Als wir ankamen, dämmerte es bereits. Das Auto stand auf dem Weg. Du warst da und hattest sogar für jeden ein Geschenk mitgebracht. Und du hattest für das Abendessen eingekauft. Und auch Zigaretten. Du hattest einen Sonnenbrand auf der Nase. Ich war erleichtert, dass du wieder bei uns warst. Erleichtert, obwohl ich auch noch wütend war. Als du am Morgen einfach davongefahren warst, stiegen Gefühle in mir hoch, die ich längst vergessen glaubte. Ich durchlebte erneut das Schwindelgefühl von damals, als mein Mann mich verließ. Dieselbe Panik. Ich sah mich wieder im Flur stehen, damals, als er zum letzten Mal die Wohnungstür öffnete. Ich schaute ihn geringschätzig an, bot ihm die Stirn, war willens, ihm zu verbieten, über die Schwelle zu gehen. Ich erinnere mich noch gut an meine wilde Entschlossenheit. Von meiner Wut übermannt, hatte ich die Kraft, mich zwischen ihn und die Tür zu stellen, zwischen seinen Koffer und ihn. Aber zwischen sie und ihn? Da war ich machtlos. Dieser Bereich war tabu. Als du an diesem Morgen das Haus verlassen hast, verspürte ich ebenfalls eine unbändige Wut. Doch ich blieb im Bett liegen und stellte mich schlafend. Vielleicht weil ich wusste, dass jeder Widerstand zwecklos gewesen wäre. Ich blieb unter meiner Decke liegen, waidwund, als wäre mir der Bauch aufgeschlitzt worden. Der Abgrund von damals tat sich wieder auf, und das Gefühl, in einen Strudel der Leere hineingesaugt zu werden, bemächtigte sich meiner. Als mein Mann uns damals für immer verließ, die Mädchen und mich, hatte ich mich vor die Tür gestellt. Ich wollte, dass er mich zur Seite stößt, um freie Bahn zu haben. Ich legte es darauf an, dass er mich zurückstößt, handgreiflich wird. Ich wollte, dass wir uns schlagen, mit Händen und Fäusten aufeinander losgehen, und dass der Sieger die Entscheidung treffen dürfte, obschon der Ausgang von vornherein feststand. Ich wollte nicht, dass er mit Worten des Bedauerns geht. Ich wollte nicht heulend im Bett liegen und hören, wie die Wohnungstür zuschlägt. Nein, das am allerwenigsten. Von unserem Schlafzimmer am Ende des Flurs aus hören zu müssen, wie er die Tür zum allerletzten Mal hinter sich schließt. Ich wollte dabei sein und es aus nächster Nähe miterleben. Ich wollte mich verteidigen, denn es war ein Krieg, und wenn der Krieg einmal erklärt ist, muss man zu den Waffen greifen und kämpfen. Doch dann schloss sich die Tür, und erst da begann es wirklich. Das ist der Augenblick, in dem einem der Schmerz den Magen aushöhlt. Wenn der andere ohne einen die Treppe hinuntergeht. Er hat sich in Bewegung gesetzt, er geht zu einer anderen. Und man selbst be-

findet sich hinter der Tür. Man bewegt sich nicht. Man ist wie erstarrt. Man bricht zusammen, sinkt zu Boden, fühlt sich wie festgenagelt. Man sitzt auf dem Boden, hört die sich entfernenden Schritte, wenig später unter dem Fenster den Motor anspringen. In diesem Moment ist man niemand mehr. Die Zeit bleibt stehen. Man beginnt sich selbst zu hassen, weil man das nicht verhindern konnte. Aber irgendwann muss man dann zur Schule, um die Mädchen abzuholen. Wie schafft man es, in diesem Zustand zur Schule zu kommen?
Du hattest zwar einen Zettel auf den Tisch gelegt, ehe du zur Tür hinausgingst, doch das Gefühl war dasselbe. Und ich weigerte mich, diese Gefühle des Verlassenwerdens ein zweites Mal zu durchleben. Denn du würdest wiederkommen, ich wusste, dass du wiederkommen würdest. Es gab niemandem, zu dem du dich hättest flüchten können, und folglich würdest du wiederkommen. Denn zu ihr konntest du nicht gehen. Ich hoffte zumindest, dass du das nicht tun konntest.

Morgens und Abends hast du mit deinem Fernglas den Atlantik abgesucht und so getan, als könntest du den Öltanker sehen. Ich wollte dir nicht widersprechen, obwohl ich ihn auch mit dem Fernglas nicht sehen konnte. Wenn ich versuchte, mich zu konzentrieren, bekam ich Kopfschmerzen. Auch die Kinder konnten nichts sehen und sagten, du lügst. Das hat dich geärgert. Du hast uns alle in den Wagen gesetzt und bist ein weiteres Mal mit uns zu der von der schwarzen Flut bedrohten Küste gefahren. Inzwischen kanntest du den Weg. Ich musste nicht mehr die Landkarte studieren. Du bist viel zu schnell gefahren auf den kleinen, verlassenen Landsträßchen. Einmal kam uns ein Lieferwagen entgegen. Doch keine Touristen. Die Landschaft, durch die wir fuhren, fand ich langweilig. Aber sie war mir auch gleichgültig, wie inzwischen alles um mich herum. Auf einmal ging mir auf, wie sehr ich mich verändert hatte. Es gelang mir nicht mehr, mich von der Welt berühren zu lassen, die sich auch ohne mich zu drehen schien. Seit dem Tag, als mein Mann die Tür hinter sich zugemacht hatte, hatte ich mich mit meiner Geschichte eingeigelt. Voll und ganz damit beschäftigt, überhaupt noch genügend Luft zum Atmen zu bekommen, hatte ich mein Sichtfeld eingeschränkt. Der Wagen rauschte an den von der Sonne ausgedörrten Rebstöcken entlang, und mein Blick blieb nirgends hängen. Alles glitt an mir vorüber, und es gelang mir nicht mehr, gegen dieses Gefühl von Inhaltslosigkeit und Weltfremdheit anzukämpfen. Zwischen mir und der Welt gab es eine tiefe Kluft. Die Straße machte eine Kurve, und die Kinder auf dem Rücksitz spielten. Vincent saß eingezwängt zwischen den Mädchen, und sie nutzten die Gelegenheit, um sich an ihn zu schmiegen. Vincent stellte Fragen über den Öltanker, auf die du jedoch nur ausweichende Antworten gabst. Vincent hatte Hunger. Vincent hatte zu allem eine Meinung. Vincent war lebhaft. Du hingegen schienst seine Vitalität kaum zu teilen, seine Neugier auf die schwarze Flut, seinen Enthusiasmus. Du starrtest stur geradeaus auf die Straße, völlig konzentriert auf dein Ziel, zumindest schloss ich das aus deinen gerunzelten Augenbrauen. Woran dachtest du? Die Zufahrt zu dem kleinen Küstenort war wieder freigegeben. Du hast auf einem gebührenpflichtigen Parkplatz geparkt und gemeckert. Dann hast du uns gefragt, was wir von einem Picknick am Strand hielten. Dorothée sagte, dann müssten wir aber auf alle Fälle Kartoffelchips kaufen. Auf der Suche nach einem kleinen Supermarkt gingen wir die Uferstraße entlang. Der Strand war menschenleer. Nur ein paar Neugierige gingen mit großen Schritten am Ufer entlang und achteten peinlich genau darauf, sich die Füße nicht nass zu machen, als ob die Flut schon jetzt ein nicht mehr abwaschbares Gift enthielte. Émilie fragte, ob sie den Badeanzug anziehen dürfe. Der Atlantik war klar, von einem schönen Grün, und die Wellen zerschellten voller Wucht an unseren Füßen. Nichts deutete darauf hin, dass irgendwo dort draußen ein Tanker siebzigtausend Tonnen Öl verloren hatte, welches die Küste in wenigen Tagen ersticken würde. Du hast uns bis zum Deich geschleppt, um von dort aus besser die Farben des Ozeans sehen zu können. Du hast tiefer durchgeatmet, und ich hatte den Eindruck, dass die Nähe des Meers dich dem Leben zurückgab. In dem Maß, wie du gesprächiger und lebhafter wurdest, kam auch wieder mehr Leben in unsere kleine Gruppe. Du hast mir den Arm um die Schultern gelegt und dann laut gerufen, wie gut es dir hier gefällt. Die Wellen donnerten mit immer größerer Wucht an den Deich, und wir mussten lauter sprechen, um uns verstehen zu können. Der Wind war plötzlich stärker geworden und zerrte ungestüm an unserer Kleidung. Die ganze Kraft des Ozeans war zu spüren, und sie fegte unseren Missmut fort und befreite uns aus unserem Dämmerschlaf. Du wolltest, dass wir bis ganz zum Ende des Deiches gehen, doch ich hatte Angst, dass wir dann alle klatschnass werden würden. Ich hatte Angst, dass die Gischt uns packen und ins Meer reißen würde. Darüber musstest du lachen, und ich konnte in deinen Augen ein ungewohntes Funkeln sehen. Du bestandest darauf, bis ganz ans Ende des Deichs zu gehen, und ich begriff, dass nichts dich davon abhalten konnte. Danach kehrten wir wieder an den Strand zurück, setzten uns in die Sonne und aßen unsere belegten Brote. Sand wirbelte um uns herum und knirschte manchmal auch zwischen unseren Zähnen. Die Mädchen hatten ihren Badeanzug angezogen und begonnen, in den Wellen herumzuhüpfen. Ich ließ Dorothée nicht aus den Augen. Das Meer kann gefährlich sein. Etwas später gesellte sich auch Vincent zu ihnen, und nun schienen sie zu dritt der schwarzen Flut zu trotzen. Du bist ein Stück näher zu mir gerückt, hast dich neben mir ausgestreckt. Irgendwann hast du meine Hand genommen und unter dein Hemd geschoben. Endlich warst du zu mir zurückgekehrt.

Wir verließen den Strand und wanderten auf den Hügel oberhalb der Ortschaft. Bald schon kletterten wir über ockerfarbene Erde, bis wir zu einem steilen Pfad gelangten. Auf diesem gingen wir entlang, bis uns der starke Wind am Weitergehen hinderte. Wir stießen auf die Ruinen einer alten Mühle. Du schienst dich hier gut auszukennen. Von dort aus konnten wir das Meer sehen, doch der Dunst erlaubte uns keinen Blick bis zum Horizont. Wieder einmal hast du behauptet, den Öltanker sehen zu können, und wir lachten dich aus. Wenn wir vom Öltanker sprachen, sagten wir inzwischen schon »dein Öltanker«, was dich sichtlich ärgerte. Die Mädchen hatten keine Lust mehr, nach dem imaginären Schiff Ausschau zu halten. Sie wollten etwas anderes tun. Nur Vincent ging auf dein Spielchen ein. Zwischen euch entspann sich ein unsinniges Gespräch, das mich an Don Quichotte und Sancho Pansa auf der verzweifelten Suche nach einem neuen Abenteuer erinnerte. Die Grenzen der Wirklichkeit verschwammen. Ihr habt Hypothesen aufgestellt, die unwahrscheinlichsten Szenarios entworfen und die Idee der schwarzen Flut wurde für euch geradezu lebensnotwendig. Konntet ihr nicht ohne Tragödien dieser Art leben? Wir gingen wieder ins Dorf hinunter und mussten aufpassen, dass wir nicht rutschten. In unseren dünnen Leinenschuhen hätten wir uns leicht den Fuß übertreten können. Du wolltest in einem der Bistros am Hafen einen Kaffee trinken. Wieder hast du dich zu den Stammgästen an die Bar gesetzt und dich an ihrem Gespräch beteiligt. Du schienst dich wie zu Hause zu fühlen, und die drohende schwarze Flut schien ebenso schwer auf deinen Schultern zu lasten wie auf denen der anderen. Als Reporter mit Kameras hereinkamen und filmten, bist du nicht zur Seite gerückt. Du bist sitzen geblieben und hast dir die Fragen der Reporter angehört, als wären sie an dich gerichtet. Wenn die Männer darauf antworteten, hast du genickt, und ich spürte, dass du dich ganz in deinem Element fühltest, verbunden mit diesen Männern durch ich weiß nicht welche geheime Absprache. Als wir wieder gingen, hast du ihnen die Hand geschüttelt.

Im Auto hatte jeder etwas zu sagen. Die Einmaligkeit dieses Tages stieg uns jedoch nicht zu Kopf. Das Gefühl, in vorderster Front einem wichtigen Ereignis beizuwohnen, über das in allen Radio- und Fernsehsendungen in ganz Europa berichtet wurde, vermittelte uns ein merkwürdiges Gefühl von Verantwortung und verlieh unseren Ferien eine ganz andere Dimension. Jeder wollte seine Meinung dazu sagen. Irgendwann sagte Vincent einen Satz, der mich erstarren ließ. »Hast du gesehen, Papa? Die Frau im Café war nicht mehr die von früher.«

Dieser Satz ging mir nicht mehr aus dem Kopf. Ich ging im Haus ein und aus und konnte mich nicht mehr konzentrieren. Ich konnte Schatten nicht mehr von Licht unterscheiden. Meine Augen schmerzten. Ich setzte die Sonnenbrille nicht mehr ab. Ich saß unter dem Vordach, ohne etwas zu tun. Ohne dass ich eine Zeitschrift durchgeblättert oder Obst geschält hätte. Tatenlos saß ich auf meinem Stuhl und wusste nicht, wohin ich schauen sollte. Vermutlich musste ich irgendeine Entscheidung treffen. Bleiben oder abreisen? Doch ich fasste keinen Entschluss. Es war leichter, sich nicht zu entscheiden. Vincent und Dorothée zogen ihre Badesachen an. Émilie zierte sich wie immer. Vincent und Dorothée hüpften über die glühend heißen Bodenplatten. Vincent sprang in den Pool. Dorothée stellte sich an den Rand, tauchte die Zehen ein. Dann kletterte sie die Treppe hinunter und hängte sich an Vincents Schultern. Er hatte sich vorgenommen, ihr das Schwimmen beizubringen. Da die Erwachsenen offenbar nicht dazu in der Lage waren, würde er die Sache in die Hand nehmen. Er würde Dorothées Schwimmlehrer sein. Dorothée hatte Vertrauen zu ihm. Sie hörte auf das, was er sagte, verzichtete auf ihre Schwimmflügelchen und versuchte, an einer Stelle, wo sie gerade noch auf den Zehenspitzen stehen konnte, ein paar Schwimmzüge zu machen. Vincent ermutigte sie, gab ihr Tipps. Vincent war voller Zuversicht. Er würde uns allen zeigen, was in ihm steckte. Er war willens, sein Bestes zu geben. Doch Vincent war nicht sehr geduldig und Dorothée nicht sehr mutig. Die beiden Kinder bemühten sich eine Zeitlang, doch nach einigen Versuchen gaben sie auf. Dorothée wollte erst am nächsten Tag weitermachen. Vincent war sichtlich enttäuscht und warf ihr vor, keine gute Schülerin zu sein. Vincent mochte es nicht, wenn man sich ihm widersetzte. Dorothée mochte es nicht, wenn man sie zu etwas zwang. Diese beiden hatten sich gesucht und gefunden, stellten sich gegenseitig auf die Probe. Sie waren bereit, etwas zusammen aufzubauen. Doch gereizt wie Vincent war, gefährdete er Dorothée. Sie bekam Angst, wollte sofort aus dem Wasser. Vincent hinderte sie daran. Man konnte die Kinder nicht länger sich selbst überlassen. Irgendwann hatte ich es satt, mir das noch länger anzuschauen und stand auf, um ihrem merkwürdigen Spielchen ein Ende zu setzen. Und da ich dann schon einmal auf den Beinen war, nutzte ich die Gelegenheit, um mir zu überlegen, wie wir den Rest des Tages verbringen würden.

Die Grillen zirpten. Die drückende Hitze ließ auf ein baldiges Gewitter schließen. Was ich empfand, konnte ich mir irgendwie nicht erklären. Ich wusste, dass du mich in deine eigene Geschichte mitnahmst. Ich ließ es zu, mich von dir führen zu lassen. Ein Schwarm Maikäfer, der offenbar aus dem Feigenbaum gekommen war, schwirrte eine Zeitlang über meinem Kopf, ehe er hinter dem Haus verschwand. Ich war wie diese Maikäfer, ließ mich vom Wind treiben. Ich folgte dir, bildete eine Einheit mit dir. Du konntest mich mitnehmen, wohin du wolltest. Ich war nicht mehr verankert, und meine Erinnerungen schmerzten. Du konntest über mich verfügen, wie du es getan hast, konntest die Grenzen immer weiter stecken. Wenn ich dir nicht endlich Einhalt gebot, wie weit würdest du gehen? Würdest du irgendwann von mir verlangen, *sie* zu ersetzen? Deine Mutter hatte erwähnt, dass ich ihr ähnlich sähe. Gleich darauf hatte sie mich beruhigt, als ob deine Mutter mich beruhigen könnte. Sie betonte, dass es keine sehr große Ähnlichkeit wäre. Sagen wir, ich sei derselbe Frauentyp. Recht groß und blond und eine ähnliche Kinnpartie. Na ja, sagen wir, ihr Lächeln war gleich. Die Stimme, ich weiß nicht. Das könnte mir nur Vincent sagen. Ich habe Fotos bei dir gesehen. Zugegeben, ich hatte es darauf angelegt, diese Fotos zu finden, und was glaubst du, was ich an den Abenden, wenn ich bei dir übernachtet habe, noch allein im Wohnzimmer machte, als du schon schliefst? Ich wollte wissen, wer sie war und vor allem, ob ich gegen sie überhaupt eine Chance hatte. Und was ich entdeckte, erschreckte mich. Ich blätterte die Fotoalben durch, die ich im Schrank gefunden hatte, und fühlte mich richtig elend, als ich sie mit Vincent im Arm sah, in deinen Armen, und du warst jünger, schöner, ein anderer Mann. Ich litt darunter, aus einer Geschichte ausgeschlossen zu sein, die mich nichts anging. Die Geschichte eines unbekannten Mannes und einer unbekannten Frau, in deren Leben ich nichts zu suchen hatte. Wer hatte mir erlaubt, diese Fotos zu betrachten und in euer Leben einzudringen? Ich war die Fremde. Diejenige, die später kommt. Nach der Liebe. Nach der Leidenschaft. Nach der Geburt eures Kindes. Nach dem Glück. Diejenige, die nach dem Tod kommt. Ich wusste, was passiert war, wie es war, als sie krank wurde. Das hattest du mir erzählt. Doch es gab in deinen Sätzen Räume des Schweigens, unbeholfene Auslassungen, Sackgassen. Ich wusste, dass sie ein zweites Kind erwartete. Die Krankheit brach im sechsten Monat der Schwangerschaft aus, hatte sich dann rasend schnell verschlechtert, doch wegen des Ungeborenen konnten die Ärzte nicht sofort mit der Behandlung beginnen. Man musste den Entbindungstermin abwarten. Doch bis dahin hatte sie keine Kraft mehr. Ein Kaiserschnitt wurde gemacht, um sie nicht zu überanstrengen. Doch es war bereits zu spät. Das kleine Mädchen starb wenige Stunden nach der Geburt. Und die Krankheit hatte die Mutter schon zerstört. Die letzten Tage mit ihr verbrachtest du im Krankenhaus. Jeden Morgen bist du in deinen Wagen gestiegen und hast die Stadt durchquert, um bei ihr zu sein. Du hast an ihrer Seite auf ein Wunder gehofft. Für eine gewisse Zeit hast du dich beurlauben lassen. Am Nachmittag hast du Vincent von der Schule abgeholt, bist dann mit ihm wieder zu ihr gefahren. Du konntest durchsetzen, dass sie ein Einzelzimmer bekam. Leise habt ihr angeklopft, ehe ihr eingetreten seid, und um sie nicht zu wecken, seid ihr auf Zehenspitzen an ihr Bett getreten. Vincent legte seine Schultasche ab und kuschelte sich zu ihr ins Bett. Sie nahm ihn in den Arm und gab vor, es ginge ihr gut. Sie lächelte, für Vincent und für dich. Bestimmt mit diesem Lächeln, das ich von den Fotos her kenne. Das Lächeln einer Frau, die von der Liebe der beiden Männer in ihrem Leben erfüllt ist. Sie entschuldigte sich bei Vincent dafür, dass sie im Krankenhaus ein Nachthemd tragen musste. Sie erzählte von dem Baby und legte Vincents Hand auf ihren Bauch. Er konnte die Bewegungen spüren, war vielleicht sogar etwas erschrocken über die Bewegungen der unsichtbaren kleinen Schwester. Vincent hatte nicht so recht begriffen, ob seine Mutter wegen des Babys das Bett hüten musste oder wegen ihrer Krankheit. Das hatte ihm niemand wirklich erklärt. Aber es gab eigentlich auch nichts zu sagen. Die Ärzte waren Dummköpfe. Wenn du ihnen Fragen stelltest, gerieten sie sichtlich in Verlegenheit, versuchten aber, dich zu beruhigen. Abends gingen du und Vincent widerwillig nach Hause. Ihr hattet ein schlechtes Gewissen, weil ihr sie in ihrem kleinen, gelb gestrichenen Zimmer zurückließet. Kaum hattet ihr die Tür hinter euch geschlossen, habt ihr sie schon vermisst. Danach habt ihr ein paar Sachen fürs Abendessen eingekauft, dann waren die Hausaufgaben an der Reihe. Ihr habt euch an den Küchentisch gesetzt und wusstet nicht, warum ihr das überhaupt tatet. Ihr habt an den Tag gedacht, an dem ihr wieder alle zusammen zu Hause sein würdet. Alle drei, dann bald vier. Ihr habt auf diesen Moment gewartet. Nur ihre Heimkehr war noch von Bedeutung. Einmal durfte sie für ein paar Tage nach Hause kommen, und die Freude war groß. Du hattest das ganze Haus geputzt. Und Blumen gekauft. Du hast sie sehr geliebt. Am Morgen eines regnerischen Tages hat der Krankenwagen sie zu euch gebracht. Zwei Sanitäter trugen sie in ihr Zimmer, in euer Schlafzimmer. Von diesem Tag hast du mir erzählt. Du hast mir auch erzählt, dass du geweint hast, als du sie in eurem Bett liegen sahst. Weil dir an diesem Tag klar wurde, dass sie nicht mehr viel Zeit hatte. Du sahst ihre Arme, die sich am Bettpfosten festhielten, und diese Arme waren nicht mehr dieselben wie früher. Erst hier in eurem

Schlafzimmer ist dir ihre Veränderung bewusst geworden. Du sahst diese kraftlosen, fast durchscheinenden Arme. Und ihren dünnen Hals. Du hast begriffen, dass sie nicht mehr dieselbe war, dass sie bereits einen Schritt auf die andere Seite gemacht hatte. Diesen Gedanken nahmst du dir übel. Du hast sie dazu gebracht, am Abend aufzustehen, um mit euch am Tisch zu essen. Du hast sie gezwungen, für einige Minuten auf einem Stuhl zu sitzen. Doch diese Mahlzeiten waren ein Martyrium, für dich ebenso wie für sie. Vincent redete mit ihr, erzählte von seinem Tag und von der Schule. Sie zwang sich zu einem Lächeln. Vincent wollte sich auf ihren Schoß setzen, doch sie hatte nicht mehr die Kraft, ihn festzuhalten. Ganz allmählich musste Vincent es lernen zu verzichten. Über das tote Baby habt ihr nie gesprochen. Du hast sie wieder ins Bett gebracht und in den Arm genommen. Du hättest sie gern geliebt, doch sie hatte zu große Schmerzen. Du hast ihre durchscheinende Haut gestreichelt. Du hast ihre Brüste geküsst, ganz behutsam ihre Schenkel gestreichelt. Schließlich hattest du sie ganz ausgezogen, doch ihr war kalt. Deshalb hast du dich neben sie unter die Decke gelegt, und deine Hände verweilten auf ihrem Bauch, wanderten langsam tiefer. Sie sagte »Nein«, dann »ja«, dann wusste sie nicht mehr, ob sie noch die Kraft hatte, dir zu widerstehen. Sie ließ sich streicheln, lag wie bewusstlos auf eurem Bett. Schließlich hast du über ihren Körper verfügt wie über den einer unschuldigen Jungfrau. Du hast nichts von ihr erwartet. Sie blieb unbeteiligt, aber fügsam, bebte leicht unter deinen Zärtlichkeiten. Du hast ihren Körper betrachtet, der sich so sehr verändert hatte. Der Bauchnabel stand etwas heraus, die Brüste wirkten müde. Du ließest deine Hände über ihre Hüften wandern, knietest zwischen ihre Beine und hast verdrängt, dass die Oberschenkelknochen unter der Haut zu sehen waren. Du wolltest vergessen, dass die Krankheit sie bereits zerfrass, und gleichzeitig klopfte dein Herz wegen dieses unsichtbaren Bösen, das dir bald deine Frau wegnehmen würde. Du wolltest sie behalten und hast sie geliebt mit der Verzweiflung eines Mannes, der zum letzten Mal in ihr versinkt.

Die Bienen betätigten sich weiterhin emsig zwischen Glasscheibe und Fensterladen, doch wir hatten uns an sie gewöhnt und dachten nicht mehr daran, sie zu vertreiben. Der Bienenzüchter würde nicht mehr kommen und wir würden bald abreisen. Wir hatten vergessen, dass sie eine Bedrohung darstellten und bewegten uns durch das Haus, als gäbe es sie gar nicht. Wir beobachteten sie wie Fische in einem Aquarium und gingen mit unseren Gesichtern so nahe an die Scheibe, dass das Brummen der Bienen mit einem außergewöhnlichen akustischen Effekt zu hören war. Das Einzige, das man nicht tun durfte, war, zu dicht am Fensterladen hinter dem Haus vorbeizugehen. Es gab Wehrbienen, die eigens darauf programmiert waren, das Bienenvolk vor Feinden zu schützen. Der Bienenzüchter hatte uns vor ihnen gewarnt. Sobald die Wehrbienen einen Angriff starten, kommen weitere Bienen zur Verstärkung, die sich ebenfalls auf die Eindringlinge stürzen. Wir hielten uns also zurück, um bei den Wehrbienen ja keine Aufmerksamkeit zu erregen. Nur die Kinder rannten manchmal ums Haus, Vincent voraus, gefolgt von Émilie und dahinter Dorothée, die »Wartet auf mich!«, rief. Das war der Satz, den Dorothée vermutlich am häufigsten rief: »Wartet auf mich!« Ihr Spiel bestand darin, möglichst nah am Fensterladen vorbeizurennen. Fragend drehte ich dir den Kopf zu. Du schienst in die Lektüre deiner Zeitung vertieft. Die Bienen und die Kinder hattest du vergessen. Hin und wieder hast du an deiner Zigarette gezogen, völlig vertieft in diese beruhigende Geste. Hast du wirklich gelesen oder nur so getan? Irgendwann hast du deinen Platz in der Sonne verlassen und bist im Schatten des Hauses verschwunden. Ich wusste, dass du dir ein Glas einschenken würdest. Ich beobachtete Vincent, der atemlos mit den Mädchen herumtollte. Ich verspürte große Lust, Vincent abzufangen, sein Rennen zu unterbrechen, damit er sich endlich anhören würde, was ich ihm zu sagen hatte. Ich konnte seine Mutter nicht ersetzen, hätte ich ihm gern gesagt. Und doch hätte ich es gern versucht. Ich suchte nach Worten, ohne daraus einen Satz bilden zu können. Ich wollte mich gern um ihn kümmern. So etwas kann man doch sagen. Ich wäre gern diejenige, die auf ihn aufpasst.

Der Briefträger tauchte am Ende des Wegs auf. Er brachte einen Brief für die Mädchen. Einen Brief für sie beide. Dorothée durfte ihn aufmachen und Émilie ihn vorlesen. Aber nur leise, nachdem sie sich in ihr Zimmer zurückgezogen hatten. Diese Zeremonie dauerte lange. Danach kamen die Mädchen auf die Terrasse zurück, als sei nichts geschehen. Keine Anspielung auf den Brief, kein Kommentar. Sie bewegten sich nur etwas langsamer und blickten hin und wieder an den Horizont. Sie wussten nicht, was sie nun mit sich anfangen sollten. Es entstand immer eine Art Leere, nach jedem Brief oder Anruf ihres Vaters. Es gab einen Raum, den sie wieder ausfüllen, eine Stufe, die sie nun erklimmen mussten. Sie mussten wieder zu einem normalen Atemrhythmus zurückfinden und allmählich die leichte Erschütterung verarbeiten, verursacht durch das plötzliche Eindringen ihres Vaters, der nur von sich hören lassen wollte, damit das Band zwischen ihnen nicht ganz abriss. Man müsste die richtige Distanz finden, einen Raum erfinden, in dem alle zusammen existieren können, die Anwesenden und die Abwesenden, ohne dass die einen die anderen ausschließen. Wir mussten lernen, uns auf einem Minenfeld zu bewegen, ohne in die Gefahr zu geraten, dass die Vergangenheit explosionsartig verpuffte. Die Mädchen machten diese Lernerfahrung gerade, ohne dass sie begriffen hätten, wie ihnen geschah. Sie begriffen nicht, dass ihr Vater die Ursache ihrer Traurigkeit war. Sie schlichen um mich herum, abgeschnitten vom Rest der Welt, abgeschnitten von Vincent, den sie in einer Ecke vergessen hatten. Sie hatten das gerade erst begonnene Spiel unterbrochen. Sie hatten zu nichts mehr Lust. Sie spürten, was es bedeutete, im Stich gelassen zu werden. Nun lag es an mir, die Kraft zum Handeln aufzubringen, ein weiteres Mal, um sie von der Abwesenheit ihres Vaters abzulenken. Dabei stand dies gar nicht in meiner Macht. Du standest mir bei dieser Aufgabe auch nicht bei. Sobald der Vater der Mädchen uns an seine Existenz erinnerte, warst du wie ausgewechselt. Du drangst in meinem Lebensraum ein, stelltest dich zwischen ihn und mich. Und die Mädchen, die dein Unbehagen nicht verstanden, ignorierten dich auf einmal, gingen an dir vorbei ohne dich zu sehen. Wir hörten auf einmal oft das Wort »Papa«. Und je mehr du dich aufdrängtest, desto mehr mieden sie dich. Die Mädchen entzogen sich uns plötzlich. Sie entschwebten in eine andere Welt und dachten sich ein ideales Universum aus, in welchem ihr Vater im Mittelpunkt stand.

Gegen Mittag kam ein Wind auf, der den Staub auf dem Weg aufwirbelte. Die Hitze machte uns träge. Du hast mit dem Fernglas den gegenüberliegenden Hügel beobachtet und wurdest nicht müde, die sich schnell drehenden Windräder zu betrachten. Wir waren zu weit weg, um zu hören, wie der Wind in die Flügel blies, konnten jedoch die beruhigende Kraft spüren. Ich lag auf meinem Liegestuhl und schlug mein Buch häufig zu, um mich von dem gleichmäßigen Drehen der Windräder ablenken zu lassen. Ich liebte ihre sonderbare Anordnung auf dem höchsten Punkt des Hügels. Ich genoss ihre ferne Anwesenheit. Du standest mehrere Minuten lang da und schautest nach Süden, um mit Hilfe deines Fernglases schon die geringste Veränderung in der Landschaft zu sehen. Völlig reglos standest du da, und wir wagten es nicht, dich anzusprechen, um das Universum nicht zu gefährden, in dem du zu schweben schienst. Vincent nutzte diese Momente völliger Passivität, um vorzuschlagen, an dem Fluss am Fuß der Weinberge angeln zu gehen. Er überprüfte seine Angelhaken, einen nach dem anderen, ihre Größe, ihr Format und irgendwann blieb einer an seinem T-Shirt hängen. Ungeduldig versuchte er ihn wieder herauszuziehen und riss dabei ein kleines Loch in den Stoff. Er jammerte, seine Köder würden nichts taugen. Dann ging er zum Waldrand und wühlte zwischen den Bäumen in der Erde herum, um sich einen Vorrat an Würmern anzulegen. In der Hocke suchte er jedes Stück Erde ab. Die Zeit verging, doch Vincent kauerte noch immer ganz vertieft am Waldrand. Er drehte abgestorbene Baumstümpfe um, riss vertrocknetes Moos ab, doch die Insekten, die er dabei aufscheuchte, gefielen ihm nie. Er wollte unbedingt ganz tolle Regenwürmer finden, doch die blieben aus. Er träumte von der idealen Angeltour. Doch die Wirklichkeit blieb stets hinter seinen Erwartungen zurück. Und je enttäuschter er war, desto tiefer drang er, auf der Suche nach der ersehnten Beute, in den Wald ein. Dass er ursprünglich angeln gehen wollte, schien er ganz vergessen zu haben. Irgendwann kehrte er wieder zum Haus zurück und deponierte die wenigen Opfer, die er aufgetrieben hatte, in einem Behälter. In einem Tupperware-Behälter richtete er ihnen ein paradiesisches Fleckchen ein, legte etwas Erde hinein, ein paar Blätter vom Kastanienbaum und begoss das Ganze dann mit Wasser aus dem Wasserhahn. Er kitzelte seine Beute mit einem Stück Reisig und unterzog sie dann einem letzten Martyrium. Einzeln holte er die Fliegen und Spinnen heraus und spießte sie auf seine Köder. Sobald er ihnen die Bäuche aufgeschlitzt hatte, ließ er die kleinen Leichen achtlos hinter dem Haus liegen. Auf einmal fielen ihm Émilie und Dorothée wieder ein. Da er sie nicht auch in einen Behälter sperren konnte, suchte er nach anderen Möglichkeiten, um sie zu ärgern und seine Macht auszuspielen. Ich beobachtete Vincent aus den Augenwinkeln. Du wolltest nicht sehen, was ich sah. Du ließest Vincent in seiner zerstörten Welt toben. Konfrontiert mit der Leere, dem Chaos. Du hättest mit ihm angeln gehen können, ihm helfen können, sein Vorhaben in die Tat umzusetzen. Doch irgendetwas hinderte dich daran. Wahrscheinlich scheutest du die Konfrontation mit ihm. Du bist lieber in den Pool gesprungen und hast den Kopf untergetaucht.

Von der Terrasse drangen Geräusche herüber. Es waren die Stimmen von Dorothée und Émilie, wild durcheinander. Dazwischen hin und wieder auch die von Vincent. Es gab auch Gelächter, Rufe, Flüstern, Schweigen. Irgendwann schlief ich auf meinem Liegestuhl ein. Du lagst neben mir, hast meine Haare gestreichelt. Da du die Sonnenbrille aufhattest, konnte ich nur raten, dass du die Augen geschlossen hattest. Du hast auch meine Schultern gestreichelt und ich begann, von Neuem an dich zu glauben. Ohne mich zu bewegen, lag ich in der Sonne. Wir hatten keine gute Nacht hinter uns. Du bist mehrmals aufgestanden. Vincent kam vom Mezzanin herunter, um etwas zu trinken. Dorothée ist schon bei Tagesanbruch wach geworden. Trotzdem wehrte ich mich dagegen, am hellen Nachmittag einzuschlafen. Ich hatte Angst, Dorothée könnte in den Pool fallen. Ich kämpfte gegen meine Müdigkeit an. Die Stimmen der Kinder waren wie ein

Echo auf das Rascheln des Winds in den Bäumen. Nichts geschah. Wir taten nichts. Wir atmeten, das war alles. Du sagtest zu mir: »Schlaf doch! Ich passe auf die Kinder auf.« Ich antwortete, ich wolle nicht schlafen. Du bliebst hartnäckig: »Geh doch ins Zimmer der Mädchen. Dort hast du deine Ruhe.« Ich widersprach erneut. Der Schlaf überkam mich manchmal von einer Sekunde auf die andere, und ich schreckte auf, wenn ich wieder zu mir kam. Mein Kopf war schwer. Ich dachte an unsere Ferien, daran, wie ich sie mir vorgestellt hatte. Ich machte eine Bestandsaufnahme von dem, was wir nicht machen würden. Ich ließ im Kopf die Urlaubsfilme noch einmal ablaufen, so wie ich sie entworfen hatte. Ich sah mich selbst vor mir, wie ich an den Abenden vor der Abreise die Straßenkarte studiert, alle möglichen Strecken untersucht hatte. Mit wie viel Energie und welcher Begeisterung! Wir würden ein neues Leben erfinden, alle Berge erklettern, alle Wege beschreiten. Und nun lag ich hier in der Sonne und hatte nicht einmal die Kraft, mich aus dem Liegestuhl zu erheben. Dabei hatte ich einen ganzen Bücherstapel mitgebracht und noch kaum eines davon gelesen. All diese Bücher in meiner Reisetasche, was für eine Last! Und die Briefe, die ich mir vorgenommen hatte zu schreiben, und all die Dinge, die ich zu Ende denken wollte. Und Dorothée, der ich das Schwimmen beibringen wollte. Ich ließ die Zeit ungenutzt verstreichen, vergeudete den Sommer. Ich hatte die Kontrolle über die Tage verloren, die ohne mich verstrichen. Ich wartete an deiner Seite darauf, dass du mir die Richtung weisen würdest. Ich hatte mich ganz dir anvertraut und wusste nun nicht mehr, wer ich überhaupt war.

Meistens warst du es, der ins Dorf fuhr, um einzukaufen. Du stiegst ins Auto und fuhrst viel zu schnell los, und es dauerte lange, bis sich der Staub auf dem Weg wieder gelegt hatte. Ich blieb nicht gern mit den Kindern allein im Haus zurück. Ich hatte immer das Gefühl, du würdest nicht wiederkommen. Aber du musstest manchmal von uns weg. Du brauchtest Bewegung, das Kommen und Gehen, Ziele. Du musstest Arme und Beine bewegen, die Luft um dich herum aufwirbeln. Bevor du ins Dorf gefahren bist, bist du mehrmals aus dem Haus gerannt und wieder hereingekommen, wie ein Wirbelwind. Du hast dir eine Liste mit allen Sachen gemacht, die du einkaufen wolltest, bist sie noch einmal laut durchgegangen, mit uns als Zeugen. Du hast es wiederholt, um ganz sicher zu gehen, dass du nichts vergessen hast, doch im letzten Moment gab es immer noch etwas, das dich zurückhielt. Du hast deine Schlüssel nicht gefunden. Oder du hattest deine Sonnenbrille verlegt. Dann bist du in der Küche hin und her gegangen, unfähig, deine Gedanken zu ordnen. Du hast ein letztes Mal den Kühlschrank aufgemacht und den Inhalt überprüft. Du hast mich im Vorbeigehen umarmt, vermutlich um sicher zu gehen, dass ich dich ja nicht fragen würde, ob ich nicht mitkommen solle. Wenn du dann endlich fort warst, herrschte plötzlich wieder Ruhe, und ich entdeckte deinen Einkaufszettel auf dem Küchentisch. Ich schickte die Kinder nach draußen und begann damit, die Zimmer aufzuräumen. Als wenn das Aufräumen meine Gegenleistung, die fairerweise mir zustehende Aufgabe wäre. Als wenn ich nicht untätig sein könnte, während du etwas für uns tatest. Ich sammelte die herumliegenden Kleidungsstücke der Kinder ein, legte im Wohnzimmer alles wieder an seinen richtigen Platz, klopfte die Kissen aus, räumte das Geschirr weg. Unbeholfen stellte ich die Konturen unseres Universums wieder her, indem ich Staub wischte, Ecken glättete. Ich modellierte, strich glatt, um uns die Chance zu geben, einen gemeinsamen Ort zu teilen. Und ich spürte, dass das kleine Haus in den Weinbergen der Entwurf der Wohnung war, in der wir bald leben würden. Ich sah, wie jeder darin seinen Platz einnahm, wie unsere Bahnen sich kreuzten, sich überlappten und manchmal kollidierten, was auf die Komplexität unseres Vorhabens schließen ließ. Ich überlegte mir, wie viel Zeit es brauchen würde, bis wir uns gegenseitig akzeptieren würden, ein jeder mit seinen Gewohnheiten, seinen Launen und quälenden Gedanken. Jeder mit seiner ganz persönlichen Art, seinen Platz auszufüllen oder aber mit dem Hintergrund zu verschmelzen. Jedes Kind mit der Erziehung, die ihm der abwesende Partner hatte zuteil werden lassen. Jedes Kind, für immer aus seinem verlorenen Paradies verbannt, würde unweigerlich vergleichen, abwägen, urteilen. Man müsste mit allen möglichen Kritikpunkten und fehlendem Verständnis rechnen. Man müsste dazu bereit sein, alle Schläge einzustecken. Und angesichts des hohen Einsatzes, den unser zukünftiges Zusammenleben von uns fordern würde, war ich bisweilen richtig gespannt auf diese ehrgeizige Aufgabe, überzeugt davon, dass es uns gelingen würde, eine neue Familie zu gründen, dann wieder verlor ich allen Mut und sah keinen Sinn mehr darin. Unruhig und ratlos irrte ich durch das Haus, unfähig, die gewohnten Tätigkeiten auszuführen. Die mir ganz natürlich schienen, als ich noch mit einem Mann zusammenlebte. Ich musste alles neu lernen. Wie man sein Bett teilt, wie man die Wäsche sortiert. Ich wusste nicht, was tun mit der schmutzigen Wäsche. Hier im Ferienhaus musste man sie von Hand waschen, und ich trennte sie von der, die dir gehörte. Ich brachte es nicht über mich, deine Kleidungsstücke mit unseren zu mischen. Ich konnte sie nicht mit in die große Schüssel legen. Ich tat so, als gäbe es sie nicht. Deine schmutzigen Kleidungsstücke waren etwas Neues für mich. Vincents Wäsche hingegen ließ sich problemlos mit derjenigen der Mädchen mischen, und ich wusch die Sachen der Kinder.

Um ein neues Leben zu beginnen, muss man vergessen können. Man muss sich aber auch erinnern können. Man muss das Unbekannte akzeptieren, das anfangs wie eine Gefahr aussieht. Aber auch eine Versprechung ist. Du warst mein Unbekannter, mein Rätsel, das ich nicht zu lösen verstand. Du hast neben mir geatmet, doch dein Atem gehörte nur dir. Du hast nackt so nah bei mir geschlafen, doch du hast geschummelt. Du hast mich manipuliert. Ich habe dich manipuliert. Du wolltest dich nicht einfangen lassen, während ich dich endlos einfangen wollte, fesseln, zerlegen, um zu sehen, wie es in deinem Inneren aussieht. Was für Prozesse, was für Verwicklungen. Du warst das Mysterium, das meine Tage anfüllte, meine einzige Sorge, meine fixe Idee. Ich hatte nur deinen Körper zur Verfügung, um verstehen zu können. Nur er log nie. Ich stand vor deinem Körper wie vor einem Unikat, einem Museumsstück. Und ich wartete darauf, dass er, dieser empfindliche Bote, zu mir spricht. Ich verlangte das Unmögliche von ihm. Ich befragte deinen Rücken und deine müden Glieder. Und ich machte mich Tag für Tag an dieses merkwürdige Zusammensetzen, an den unmöglichen Versuch, dich zu verstehen. Wer warst du wirklich, und liebtest du mich tatsächlich? Ich wurde zu einer sachkundigen Forscherin, doch ich fürchtete, niemals einen Beweis zu erhalten.

Ich fing an, ihr ähneln zu wollen. Denn dann würde ich endlich existieren. Plötzlich dachte ich nur noch an sie. An ihre geblümten Kleider, ihre langen Haare, ihre Schuhe mit den hohen Absätzen. Die Fotos, die du von ihr gemacht hattest, hinderten mich am Leben. Die Großaufnahmen ihres Gesichts, die jedes, aber auch jedes Detail zeigten. Die Aufnahmen aus einiger Entfernung, auf denen ihre Hüften zu sehen waren, die Rundungen ihrer Schultern. Und dann die Schnappschüsse, die ich am Boden einer Schachtel fand, auf denen du sie offenbar überrascht hattest, mit nackten Brüsten an einem fernen Strand. Diese Fotos nahmen mich ganz in Beschlag. Sie wurden zu einer wahren Obsession. Eure Ferien, euer Lächeln, eure komplizenhaften Blicke. Sie in Irland auf einem Fahrrad, sie in einem Boot, sie am Fuß eines Wasserfalls. Sie und du an einer Steilküste in der Normandie. Sie in einem dicken Pullover, einmal in einem tief dekolletierten Kleid, dann im Morgenmantel. Ihre Augen, ihre Haare, ihr Nacken, ihr Rücken, ihre Beine, ihre Handgelenke, ihre Knöchel. Sie ging mir nicht mehr aus dem Sinn. Nur der Klang ihrer Stimme fehlte. Ich liebte ihr Gesicht, ihre leicht vorstehenden Wangenknochen, ihr schüchternes Lächeln. Sie war gleich alt wie ich, wirkte aber jünger. Je mehr ich diese Fotos betrachtete, desto mehr wollte ich sein wie sie. Ich wollte unsere Fältchen vergleichen, doch bei ihr fand ich keine. Ich wollte mit ihr verschmelzen, unter ihre Haut kriechen. Ich ließ mir die Haare wachsen, hatte dünne Kleider mit in den Urlaub genommen. Ich schnürte die Gürtel um meine Taille etwas enger. Ich versuchte zu lächeln wie sie. Ich versuchte, dich mit ihren Augen zu sehen, dich mit ihren Händen zu streicheln. Doch du hast nichts gesehen. Du hast nicht begriffen, dass ich auch im Begriff stand zu sterben. Ganz langsam. Um mit ihren Zügen wieder aufzuerstehen.

Das führte dazu, dass ich die Mädchen vergaß, weil ich nur noch auf dich achtete, so sehr ging ich in unserer aufkeimenden Geschichte auf. Ich überließ Dorothée weitgehend ihrer älteren Schwester, das war ein Fehler. Ich ließ Émilie die Mutterrolle übernehmen. Überließ ihr das Trösten am Abend, das Erzählen der Gutenachtgeschichte. Ich vergaß ganz, dass Émilie auch erst zwölf und wie labil und leichtfertig sie war. Ich ließ meine Kinder in ihrer Geschichte herumschwimmen, nahm mir nicht die Zeit, ihnen meine zu erzählen. Hatten wir unterschiedliche Geschichten? Ich setzte alle Hoffnungen auf die Zeit, auf die Kraft, die Kinder angeblich haben. Sagt man nicht häufig: Kinder sind belastbarer, als man denkt? Ich hoffte, dass sich alles von selbst regeln würde. Inmitten des Chaos, inmitten der Zweifel. Ich hatte meine Kinder beiseite geschoben, weil sie mich nie direkt um Hilfe baten. Die Anzeichen habe ich wohl übersehen. Ich war weiterhin in ihrer Nähe, doch unsere Leben verliefen parallel. Zwischen meinen Töchtern und mir zerbrach etwas, als ihr Vater fortging. Ihre Blicke spiegelten mir das wider, was ich darin zu lesen fürchtete. Vermutlich war es meine Schuld, dass er fortgegangen war. Diesen Vorwurf konnte ich in ihren Augen lesen. Ich wurde zu ihrer armen, bemitleidenswerten Mama, aber auch zu ihrer Peinigerin. Und dieser neue Status, die Rolle als Peinigerin und Opfer zugleich, wog zu schwer auf meinen Schultern. Ohne es zu bemerken, wandte ich mich von meinen Töchtern ab. Um die Ängste zu bekämpfen, die mich quälten, drückte ich sie unbeholfen noch fester an mich. Doch diese Umarmungen waren Gesten der Verzweiflung, und die Mädchen wehrten sich, entglitten mir, um meinen Schmerz nicht mit ansehen zu müssen. Sie lernten, sich selbst anzuziehen, allein zu baden, ihr Frühstück zuzubereiten. Sie machten auf einmal die Tür ihres Zimmers hinter sich zu. Manchmal hielten sie sich die Ohren zu, wenn ich etwas sagte. Sie schalteten den Fernseher ein, ohne mich um Erlaubnis zu fragen. Sie wollten nicht mehr von der Schule abgeholt werden. Sie nannten mich weiterhin Mama, doch ihr Tonfall hatte sich verändert. Krampfhaft versuchten wir, zu dritt in unserer Wohnung weiterzuleben, als sei nichts geschehen, hinter einer Fassade der Normalität. Dann, eines Tages, traf ich dich, lief mit wehenden Fahnen zu dir und überließ die Mädchen mehrere Abende pro Woche einem Babysitter. Gleich nach dem Abendessen eilte ich zu dir. Du hattest Vincent zu deiner Mutter gebracht, und wir hatten den Abend für uns. An den Abenden, an denen kein Babysitter da war, riefst du mich an. Ich konnte und wollte einfach nicht darauf verzichten. Ich wartete, bis sie eingeschlafen waren und eilte wieder zu dir. Für den Fall, dass sie aufgewacht wären, hatte ich einen Zettel für Émilie auf den Küchentisch gelegt. Wenn ich dann gegen zwei Uhr morgens nach Hause zurückkehrte, war ich erleichtert, sie friedlich schlafend vorzufinden. Irgendwann kam ich erst gegen vier Uhr nach Hause, dann erst um sieben. Wenn ich mich mit dir traf, verlor ich jeglichen Sinn für das rechte Maß. Mein gesunder Menschenverstand hatte mich im Stich gelassen.

Der Sommer neigte sich seinem Ende zu, und ein Hauch von Herbst lag bereits in der Luft. Er war ganz plötzlich gekommen, gleich nach dem Ausbleiben der Tramontana. Die Farben wurden stärker und das Licht war weniger hell. Auch die Atmosphäre der Abende auf der Terrasse wurde irgendwie anders. Die Schatten, die normalerweise erst lange nach dem Abendessen länger wurden, hatten einem düsteren, dichten Schleier Platz gemacht, der über allem zu liegen schien. Vom Wald wehte ein kühler Wind herüber. Das Wasser im Pool zitterte an der Oberfläche. Vom Schwimmbad aus, das etwas höher lag als das Haus, hatte man einen unverbaubaren Ausblick. Das war die einzige Stelle, von der aus man gleichzeitig den Wald, die Hügel und die Weinberge sehen und in der Ferne auch den Atlantik erahnen konnte. Wenn man im Pool schwamm, hatte man das Gefühl, die Welt gehöre einem. Nichts versperrte einem die Sicht. Beim Schwimmen konnte man sehen, wie sich die Windräder drehten. Im Wasser fühlte man sich leichter. Vor der Abreise müssten wir unbedingt noch einmal den Zustand des Pools überprüfen. Das war Vincents Aufgabe. So hatte er es mit dem Besitzer abgesprochen. Tag für Tag hatte er einen Großteil seiner Zeit damit zugebracht, mit einem langen Kescher um den Pool herumzugehen, um Blätter, Holzstückchen und ertrunkene Insekten einzusammeln. Dabei hatte er eine erstaunliche Geduld an den Tag gelegt. In der prallen Sonne hatte er am Rand gestanden, um das Sauggerät zu bedienen, das man ins Wasser halten musste, um den Boden des Beckens zu reinigen. In den ersten Tagen hast du ihm dabei geholfen, hast seine Bewegungen gelenkt, doch bald schon kam Vincent alleine klar. Er war zum Hüter des Pools geworden. Er hielt sich oft in seiner Nähe auf, und wenn einer von uns ins Wasser ging, bekam er genaue Anweisungen, die er zu befolgen hatte. Wer sich kurz zuvor eingecremt hatte oder noch Grashalme an den Fußsohlen kle-

ben hatte, durfte nicht hinein. Er überwachte den Motor, den Wasserstand, die Temperatur. Er hatte den Pool zu seinem Experimentierfeld gemacht. Wer es betreten wollte, musste sich seinen Gesetzen unterwerfen.
Die Abende waren kühler geworden, und wir schickten die Kinder früher zu Bett. Danach zogen wir uns einen Pulli an und blieben lange auf der Terrasse sitzen, um die ersten Sterne zu betrachten. Bald schon schwirrte mir der Kopf, das Gefühl der Unendlichkeit über mir verwirrte mich und entzog mir rasch meinen Schwerpunkt. Ich kenterte in meinem Liegestuhl und kämpfte gegen das Gefühl an, vom Kosmos eingeatmet zu werden. Irgendwann gab ich diesem Gefühl nach und erlag dem Zauber der Nacht, berauschte mich sogar daran. Du lagst schweigend neben mir, mit geschlossenen Augen. Mit den Sternen konntest du nichts anfangen. Manchmal hieltest du meinen Arm, drücktest meine Hand. Ich hatte Lust, mit dir zu schlafen, doch die Zeit der körperlichen Liebe schien längst vorbei. Sie hatte zu unseren ersten Wochen gehört, damals, nachdem wir uns kennen gelernt hatten, und war dann allmählich versiegt. Nun, fast ein Jahr danach, flackerte dein Verlangen nur noch selten auf und wenn, dann in Momenten, in denen ich am wenigsten damit rechnete. Als du mich trafst, hattest du einen lebendigen Körper in den Händen, und ich glaube, dass es dich am meisten faszinierte, die

Wärme meiner Haut und des Bluts, das durch meine Adern floss, an deinem Körper zu spüren. An den Abenden, an denen ich zu dir kam, hast du meinen Körper bis zur Erschöpfung erkundet, hast neu entdeckt, wie es ist, einen Körper, der sich bewegt, unter deinen Fingern erbebt, zu erleben. Du hattest ganz vergessen, dass es das gibt, nach all den Jahren, in denen du allein geschlafen hattest, immer auf derselben Seite des Betts, um ja nicht auf ihre Seite vorzudringen, die nunmehr verbotenes Terrain war. Deine Zärtlichkeiten erschreckten mich, weil sie von einem Ort kamen, den ich nicht kannte, einem Ort voller Dämonen, die ich erst lernen musste zu zähmen. Dein Beischlaf war sonderbar, roh und kurz, wie der eines Tiers. Je näher du mich an dich zogst, desto weniger existierte ich. Du hast nicht mich als Person geliebt, sondern das Leben, das in mir pulsierte. Und nach dem Wunder des wiedergefundenen Lebens, nach dem anfänglichen Staunen, hast du begriffen, dass es nicht *sie* war, die du in deinen Armen hieltest. Ich war am Leben, ich liebte dich, doch du bliebst unerreichbar. Du hattest aus mir eine Fremde gemacht.

Ich ging ins Haus und lauschte an der Tür der Mädchen. Ich hielt die Luft an und öffnete die Tür nach einer Weile einen Spaltbreit. Émilie ließ manchmal ihre Nachttischlampe an. Mitten im Lesen schlief sie manchmal ein, noch ehe sie ihr Buch weglegen konnte. Dorothée hielt im Schlaf ihren Plüschhasen an sich gedrückt. Ich hängte den Haken des Fensterladens ein. Du warst noch draußen und hast geraucht. Ich wollte dir sagen, dass ich aufgebe. Ich wollte diese Möglichkeit in den Raum stellen. Welchen Sinn hatte es schon, weiterzumachen? Doch ich sagte nichts. Ich wollte bis zum nächsten Tag warten. Und so vergingen die Tage. Ich weiß nicht, worauf ich eigentlich wartete.

Ich hatte mich von dir in Beschlag nehmen, mir von dir von Tag zu Tag mehr den Raum einschränken lassen, in dem ich Zuflucht gesucht hatte, um mich vor der Welt und den Menschen zu schützen. Dir hatte ich den Zutritt erlaubt. Ich hatte dich sogar mit offenen Armen empfangen. Ich war arglos. Ich dachte mir, der große, lang ersehnte Tag wäre endlich gekommen: Ich würde einen Mann retten, die ganze Menschheit. Ich würde die tollste Frau werden, die es je gab, und mir im Spiegel endlich wieder in die Augen schauen können. Ich wäre keine verlassene Frau mehr, eine abgenutzte Mutter. Ich würde jemand sein, der unentbehrlich war. Ja genau, soweit war ich, ich hatte gehofft, dass ein Mann nicht mehr ohne mich leben könnte. Ich hatte keinen anderen Ehrgeiz, ich war wie alle Leute, die ich kannte. Ich frage mich, warum wir alle so sind und unser Leben unbedingt mit jemandem teilen wollen, um jeden Preis jemanden lieben wollen. Ich studierte die Tiere, stellte mich im Gartenzentrum in der Nähe der Schule der Mädchen vor die Vogelkäfige, um die »Unzertrennlichen« zu beobachten. Lange Minuten stand ich dann da, völlig fasziniert von den Spielchen der gelben oder blauen Sittiche. Wenn das Weibchen auf eine Seite der Sitzstange rutschte, kam das Männchen nach höchstens drei Sekunden nach, um sich wieder an sie zu drücken. Und umgekehrt. Wenn das Männchen sich entfernte, rückte das Weibchen sofort nach. Und ihr merkwürdiger Tanz dauerte ewig, mal nach rechts, mal nach links. Sie mussten sich trennen, um sich dann wiederzufinden, sich zu berühren, die Schnäbel gleichzeitig auf und ab zu bewegen. Ich war auch eine Art Sittich. Ich fragte mich, was passieren würde, wenn man einen der Vögel aus dem Käfig entfernt. Ginge der andere ein oder finge er mit einem neuen Sittich dasselbe Spiel an und würde überleben?

Es war unser letzter Tag. Morgen würden wir packen und das Haus aufräumen müssen. Wir würden kehren, feucht aufwischen und Küche und Bad putzen müssen. Damit wir unsere Kaution zurückerhielten, mussten wir unsere Spuren auslöschen. Morgen würden wir uns auf den Heimweg machen, und jeder würde zu sich nach Hause gehen, du und Vincent in die eine Wohnung, ich und die Mädchen in die andere. Und auf die Entscheidung warten, ob wir zusammenziehen. Der Gedanke an die Rückkehr hatte etwas Unnatürliches, Brutales, doch wir sprachen nicht darüber. Über wichtige Dinge sprachen wir nie. Lieber bekamen wir Bauchschmerzen. Denn wir wussten nicht, wie wir entscheiden sollten. Der Instinkt war uns abhanden gekommen. Jede Entscheidung barg ein Risiko, immer. Die Mädchen würden für einige Tage zu ihrem Vater fahren, doch ich traute mich nicht, dich dann zu mir einzuladen, das verbot mir mein Stolz; ich wollte, dass du von selbst zu deiner anfänglichen Begeisterung für mich zurückfändest. Ich wollte begehrt werden. Ich befand mich in diesem Zustand der Verwirrung, in dem man vor Angst keine Zukunft sieht. Dich schien das nicht zu belasten. Du bist dieser Frage ausgewichen. Du machtest keine Andeutungen, gabst mir keine Hinweise. Und so war ich wie ein kleines Tier, das sich in eine Ecke verkrochen hat, um von dort aus zu beobachten, zu lauschen und abzuschätzen. Ein kleines Tier, das sich auf ein in seinen Augen bevorstehendes Erdbeben vorbereitet. Ich wartete darauf, dass du endlich etwas unternimmst. Und rechnete dabei auch mit dem Schlimmsten.

Der letzte Ferientag kam mir vor wie der letzte Tag meines Lebens. Am Morgen warst du nicht mehr da. Es dauerte einen Moment, bis ich begriffen hatte, dann tat ich so, als ob nichts wäre. Die Kinder standen auf und frühstückten in aller Ruhe, ohne nach dir zu fragen. Selbst Vincent stellte keine Fragen. Er hütete sich, auch nur die geringste Unruhe zu zeigen. Ich begann, das Haus aufzuräumen. Als Vincent unter die Dusche ging, bat ich die Mädchen, ihre Reisetaschen zu packen. Sie wollten ihre Badeanzüge noch draußen lassen, um ein letztes Mal in den Swimmingpool zu springen. Ich spülte das Frühstücksgeschirr, während ich angestrengt lauschte, ob draußen auf dem Weg etwas zu hören war. Doch es gab nichts zu hören, dein Wagen kam nicht und meine Angst steigerte sich. Ich wartete bis elf Uhr. Als ich es dann nicht mehr aushielt, ging ich den ganzen Weg entlang. Erst im Weiler blieb ich stehen, kurz vor dem Haus des Bienenzüchters, dem ich nicht über den Weg laufen wollte. So rasch wie möglich ging ich dann an seiner Gartentür vorbeiging. Nichts rührte sich auf der anderen Seite, die Haustür blieb zu. Ich ging weiter, ohne zurückzublicken. Die schmale Straße, die vom Weiler aus hügelabwärts führt, war leer. Mir war bewusst, dass der Rückweg umso anstrengender sein würde, je weiter ich ging. Ich steckte mir Grenzen: bis zur nächsten Kurve, dann bis zu dem Obstgarten, dann bis zur Kreuzung nach der kleinen Brücke. Ich wusste nicht, wonach ich suchte. Du warst verschwunden, und es war unwahrscheinlich, dass ich irgendwo dein Auto sehen würde. Wo warst du? Ich hatte das Fernglas dabei, das du auf dem Tisch vergessen hattest, doch es war mir keine

Hilfe. Ich hielt es mir hin und wieder an die Augen, doch das nützte nichts. Mein Blick trübte sich, und alles um mich herum schien zu schwanken. Wenn ich durch das Fernglas schaute, gab der Boden unter meinen Füßen nach. Ich schaute nach Westen, doch auch von dort kam nichts auf mich zu. Ich konnte weder dich noch dein Auto sehen. Nur die Äste der Bäume wiegten sich in meinem Blickfeld. Ich wusste, dass meine Suche nichts bringen würde. Dabei war ich hunderte von Metern, ja vielleicht sogar einen oder zwei Kilometer gelaufen, nur weil ich unfähig war, tatenlos herumzusitzen und zu warten. Ich konnte einfach nicht warten. Darauf warten, dass ein Mann zurückkommt. Die schlimmste aller Strafen. Lieber eilte ich dir entgegen. Ich konnte ebenfalls fortgehen. Auch ich konnte mich vom Haus zu entfernen. Doch wozu? Ich wiederholte mir – wahrlich nicht zum ersten Mal –, dass ich in der Lage sein müsste, auch ohne einen Mann an meiner Seite zu leben. Doch ich glaubte nicht daran.

In diesen für mich so bangen Stunden, hattest du, wie ich erst sehr viel später begriff, ein Treffen. Während ich den Hang wieder hinaufging, mit deinem Fernglas um den Hals, hattest du ein Treffen mit dem Atlantik. Du hattest dir vorgenommen, noch einmal an die Orte zurückzukehren, an denen ihr so glücklich gewesen seid. An den Strand, an dem Vincent seine ersten Schritte gemacht hatte. Du hattest dir vorgenommen, den Atlantik nie zu vergessen. So einfach war es; ich konnte es verstehen und weigerte mich doch, es zu verstehen. Es ging um ein Versprechen. Gegen ein Versprechen kann man nicht ankämpfen. Während ich mich durch die Mittagshitze quälte, mutterseelenallein auf dieser schmalen Straße, standest du am Meer. Weil die Straße so steil wurde, bekam ich kaum noch Luft, während du dich an der Gischt berauschtest. Ich ging schneller, als ich an die Kinder dachte, die ich allein im Haus zurückgelassen hatte. Du hingegen warst in einem Café am Hafen, und ich wusste es nicht. Mit dem Unterarm wischte ich mir den Schweiß von der Stirn. Mein Herz schlug schneller. Du bestelltest ein Glas Weißwein. Durch die Glastür des Cafés hast du auf den Ozean geschaut und gelächelt. Du hast ein weiteres Glas bestellt. So einfach war das. Das Trinken machte dich innerlich ruhiger. Irgendwann bist du aufgestanden und ans Ufer gegangen. Von dort aus gingst du zu einem kleinen, verlassenen Strand. Du gingst auf die Wellen zu, genau wie die an Land gebliebenen Seeleute und die Einheimischen. Du hast darauf gewartet, dass die ersten Öllachen sich im Sand ablagern, du wusstest, dass es heute passieren würde, wie mir erst später klar wurde, wo doch alle im Ort wussten, dass das Öl an diesem Morgen angeschwemmt werden würde. Der große Tag war gekommen, der

Moment, den man nicht verpassen durfte. Die schwarze Flut war Wirklichkeit geworden, sie würde den Strand kilometerweit mit ihren Spuren markieren, und die Menschen konnten jammern, hatten einen guten Grund, ihren Zorn herauszuschreien, endlich in Tränen auszubrechen. Man würde weinende und klagende Menschen am Ufer stehen sehen und du würdest dich zu ihnen gesellen, deinen Schmerz mit ihrem vereinen. Du wärst wie all diese Menschen, du würdest leiden. Wie einfach es doch war! Meine Beine trugen mich nur mit Mühe bei meinem schmerzenden Aufstieg. Ich machte eine Pause, setzte mich kurz an die Böschung, in den Schatten eines Kastanienbaums. Ich bedauerte, dass ich kein Wasser mitgenommen hatte. Dann machte ich mich wieder auf den Weg, niedergedrückt von der Last meiner inneren Unruhe, und betete darum, dass du wiederkommen würdest. Gegen meinen Willen flehte ich alle Götter an, wie es die Seeleute die ganze Nacht über getan hatten, damit die drohende Ölpest nicht an ihre Küste, sondern hinaus aufs offene Meer treiben würde. Doch du kamst nicht wieder, und der Ölteppich trieb unaufhaltsam auf die Küste zu. Wie mechanisch setzte ich einen Schritt vor den anderen, ging leicht vornübergebeugt, die Augen auf den Asphalt geheftet, an dem meine Schuhsohlen kleben blieben. Ich drehte mich um, blickte noch einmal in die Ferne, doch das Schweigen, das mir antwortete, war unwiderruflich. Wir waren beide mit unserem Schweigen konfrontiert. Du zogst deine Schuhe aus und gingst mit nackten Füßen ein Stück in die Wellen. Der Weiler kam in Sicht. Ich ging am alten Waschplatz vorbei. Du machtest einen weiteren Schritt. Die Flut stieg langsam an. Noch war kein Öl auf der Wasseroberfläche zu sehen, man musste noch weiter hinausgehen. Ich schüttete mir etwas Wasser über Nacken und Gesicht, schlug dein Fernglas versehentlich an den Stein. Du gingst noch ein paar Schritte weiter, und die nassen Hosenbeine klebten an deinen Beinen. Der Boden unter deinen Füßen wurde tiefer. Unbeirrt gingst du abwärts. Während ich bergauf ging. Bald warst du nur noch ein Punkt, dein Kopf ein Ball, der auf den Wellen treibt. Dann ein Ball, der im Wasser verschwand. Du warst nicht mehr vorhanden, nicht einmal als Objekt, das auf dem Wasser treibt. Das Öl kam an. Dein Körper glitt unter den Ölteppich. Dein Körper versank, doch er wehrte sich nicht. Das Öl überzog deine Gliedmaßen, deinen Oberkörper, dein Gesicht. Das Öl drang nach und nach in deine Lungen ein. Du verschwandest in einem schwarzen Morast. Die Brandung zog dich aufs offene Meer hinaus. Bald schon warst du nur noch ein lebloser Gegenstand, und ich kam derweil bei den ersten Häusern des Weilers an. Ich nahm es mir übel, dass ich die Kinder allein gelassen hatte, ich hasste mich dafür, dass ich deine Rückkehr nicht im Haus hatte abwarten können. Du warst inzwischen schon nicht mehr da oder vielmehr du ersticktest, kämpftest gegen das Leben an, das dich nicht hergeben wollte. Ich beschleunigte meine Schritte, der Weg war nun nicht mehr so steil. Noch ein paar hundert Meter und ich würde wieder bei den Kindern sein, bei Dorothée und Émilie. Ich würde wieder bei meinen Töchtern sein. An Vincent dachte ich nicht, zumindest nicht sofort. Ich wollte meine Töchter sehen, mein allerletzter Trost. Ich öffnete die Haustür. Die Kinder waren nicht da. Ich ging um das Haus, um am Pool nachzusehen. Dort erwarteten sie mich, sie hatten mich kommen sehen. Sie wollten mir etwas zeigen, etwas, worüber ich mich freuen würde, eine Überraschung für mich. Vincent und Émilie ermunterten Dorothée, die ohne ihre Schwimmflügel ins Wasser sprang und zu schwimmen begann, von einem Ende zum anderen, der Breite nach natürlich. Angestrengt hielt sie ihren Kopf über Wasser, hoch konzentriert. Ihre Arm- und Beinbewegungen waren noch etwas unkoordiniert und ihre Bewegungen zu hastig, doch sie hielt sich über Wasser und kam vorwärts, konnte es so gut wie die Großen. Voller Stolz verkündete sie mir, dass sie das Vincent zu verdanken hätte. Endlich hatte sie es geschafft. Wir blieben am Rand des Pools sitzen, um die letzten Momente zu genießen. Wir würden auf deine Rückkehr warten, vor der Abfahrt noch eine Kleinigkeit essen. Wir würden auf dich warten. Nur du fehltest noch.

Brigitte Giraud

Das Leben entzwei

Roman

Aus dem Französischen von Anne Braun

111 Seiten. Gebunden

»Ich muss mich der Geschichte
unserer Liebe gewachsen zeigen, genau so wie
dem Schmerz.«

Mit großer Eindringlichkeit erzählt Brigitte Giraud von einem Tod, der jäh in ihre Liebe einbricht. Eine Frau, Anfang Vierzig, verliert ihren Mann bei einem Motorradunfall. Sie erzählt von dem Moment an, da sie das Unvorstellbare erfährt, bis zum Ende der Trauerfeier. Eine Woche der Fassungslosigkeit und des Schmerzes, in der es dennoch zu leben gilt, das Leben organisiert sein will. Gefühle, Gedanken, die nicht in Worte zu fassen sind. Brigitte Giraud findet sie dennoch, Worte, die tief gehen und mitten ins Herz treffen. »Das Leben entzwei« ist eine wahre Geschichte.

S. Fischer

fi 1-024420 / 1

Catherine Guillebaud

Zwei Liebende

Aus dem Französischen von Anne Braun

Roman

254 Seiten. Gebunden

Zwei Liebende in Paris. Die beiden treffen sich heimlich, in Hauseingängen und dunklen Hotels. Die Stadt versteckt sie. Sie lieben sich überall und ihre Liebe ist unbändig, kompromisslos. Alles könnte so einfach sein. Aber er hat eine Frau und eine Tochter, die er liebt. Auch sie hat eine Familie, woanders. Wie lange kann man ein Leben neben dem Leben führen?

»Ein Buch von unwiderstehlichem Sog.
Unmöglich, es wegzulegen.«
Le Figaro Littéraire

»Dieses Buch berührt.«
Libération

S. Fischer

fi 1-024414 / 1

Anna Gavalda

Ich wünsche mir, daß irgendwo jemand auf mich wartet

Aus dem Französischen von Ina Kronenberger

Erzählungen

Band 15802

Anna Gavaldas Geschichten von der Liebe sind heiter und traurig, überraschende Skizzen aus Paris, spannende Kapitel aus dem großen Roman des Lebens …

»Voilà, hier ist die neue Stimme der französischen Literatur: Sie schreibt so leicht und lakonisch, romantisch zart und bestürzend direkt, daß einem fast schwindelig wird. Ein mitreißendes Buch, verführerisch wie eine amour fou.«

Marie-Claire

»Anna Gavaldas Erzähldebüt macht süchtig.«

KulturSpiegel

Fischer Taschenbuch Verlag

fi 15802 / 1

Anna Gavalda

Ich habe sie geliebt

Aus dem Französischen von Ina Kronenberger

Roman

Band 15803

Pierre und Chloé haben nichts gemeinsam. Chloé ist Anfang dreißig, hat zwei kleine Töchter und wurde gerade von ihrem Mann verlassen. Pierre ist Mitte sechzig, ihr Schwiegervater, und ein unsensibler, arroganter Bourgeois. So dachte sie zumindest – bis er sie und die Kinder mitnimmt ins Ferienhaus der Familie. Chloé erkennt hinter der autoritären Maske einen aufmerksamen Zuhörer und gewinnt einen Freund, der eine überraschende Lebensbeichte ablegt.

»Ein Lichtstrahl am literarischen Himmel.«
Le Figaro

Fischer Taschenbuch Verlag

fi 15803 / 1